El amigo muerto

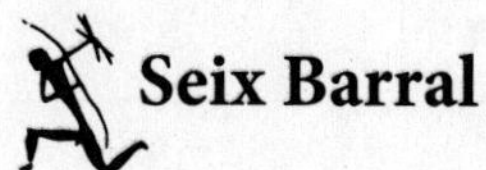

Antonio Ortuño
El amigo muerto

Publicado mediante acuerdo con Literarische Agentur Gaeb & Eggers GmbH.
Esta obra se escribió con el apoyo del Sistema Nacional de Creadores de Arte del Fonca, de la Secretaría de Cultura

Diseño de Portada: Planeta Arte y Diseño
Ilustración de portada: © Tebin
Foto del autor: © Jaime López-Aranda Trewartha

Bajo el sello editorial SEIX BARRAL M.R.
Avenida Presidente Masarik núm. 111,
Piso 2, Polanco V Sección, Miguel Hidalgo
C.P. 11560, Ciudad de México
www.planetadelibros.com.mx

Primera edición en formato epub en México: octubre de 2025
ISBN: 978-607-39-3590-6

Primera edición impresa en México: octubre de 2025
ISBN: 978-607-39-3369-8

Impreso en los talleres de Impregráfica Digital, S.A. de C.V.
Av. 11 No. 463, Interior Bodega 2. Col. San Nicolás Tolentino.
C.P. 09850, Iztapalapa, CDMX

Para Bettina,
Nel mezzo del cammin di nostra vita

Para Nicolás y Julia

Nota del autor

Ésta fue la primera novela que escribí, aunque no la primera que fue publicada. La comencé en 1994, cuando tenía dieciocho años, y la completé en 1996. Se quedó en el cajón porque se me ocurrieron otras, que llegaron a ser *El buscador de cabezas* y *Recursos humanos*. En 2012, una editorial me pidió un libro «juvenil pero moderno» para una colección en marcha. Nunca me había probado en la narrativa para jóvenes, respondí, pero podía repasar aquella novela de adolescencia y decidir si servía. La releí, me gustó. El ritmo era desbocado. Actualicé la tecnología de la historia, eliminé referencias que ya eran reliquias. La contrataron. La colección tenía una línea muy establecida y eso obligó a que se adoptara un título acorde a volúmenes previos: se llamó *Blackboy*. Por azar de los calendarios, fue programada para aparecer al mismo tiempo que lo haría otra de mis novelas, *La fila india*, en un sello distinto… Los editores no estaban felices. Hubo discusiones. Se acordó que

Blackboy, destinada a un público más interesado en las peripecias que en mi *curriculum*, apareciera con seudónimo. Elegí «A. del Val», por el tío en honor al cual me bautizaron. Al *Blackboy* le fue bien. Agotó su edición nacional y fue publicada en Argentina y Chile. Unos pocos amigos supieron que era mía. También algunos lectores de mis redes, porque allí «reconocí» a la criatura hace mucho. Mi editorial me invitó ahora, en 2025, a resucitarla. Volví a aquellas páginas de hace treinta años. Pulí lo necesario (sin exceso, porque esta novela es como un disco viejo: tiene que chirriar). La idea central, el desarrollo, los personajes son los de siempre. Está llena de malicia entre amigos, horrores, humor fúnebre y zozobra; tan llena como el país en el que se escribió.

Guadalajara, julio de 2025

Uno

Me despertó la campanilla electrónica de una alerta. ¿Mensaje, a estas horas? Bostecé. La esquina del monitor de la computadora, un rectángulo parpadeante, lo confirmaba. Según el reloj de pared eran las cuatro con trece, plena madrugada de sábado. Tomé el vaso de agua de la mesita lateral, bebí. Ni siquiera me había quitado la sudadera. En un segundo, mi cabeza recordó lo que el sueño solía hacerme el favor de ocultar: mi vida apestaba. No había conseguido entrar a la universidad, odiaba mi empleo. Y ahora estaba allí, perdido en la cama, con las piernas flojas y el hombro adolorido. Decidí averiguar quién me buscaba. No sería una urgencia, me dije, o habrían llamado por teléfono. Me saqué los tenis y estiré los pies. El mosaico frío me erizó el vello de la nuca. Abrí la ventana del mensaje. El nombre en la pantalla era imposible: Carlitos. Ya sé que hay cinco millones, que así se llaman el lateral de mi equipo favorito, su cuñado y un primo de Puebla. Pero éste no podía ser quien decía. Porque el único entre mis contactos era Carlitos Villaurrutia, mi vecino y compañero de escuela, futbol, barrio y vida. Y aquella noche, cuando el mensaje apareció, llevaba meses muerto.

Carlitos:
¿Estás, List?

List:
Quién chingados eres

Carlitos:
Jajaja

Se desconectó. La quijada se me apretó como una pinza. La sudadera que llevaba encima era suya, la olvidó en su última visita a casa. Pero no olía a nada relacionado con él; mi madre la había echado a lavar diez veces, desde entonces. Una sudadera negra, con bolsillos, útil. Ya no podría devolvérsela. Cuánta puta pena. ¿Por qué me buscaba un muerto? ¿Y por qué una mala vida, como la mía, se ponía peor? Apagué la máquina, me arranqué la sudadera, la arrojé al rincón y volví a echarme en la cama. El sueño no vino jamás. Ustedes tampoco habrían dormido.

A Carlitos Villaurrutia lo mataron al inicio de la primavera. Lo primero que hice, al salir del velorio, fue dar vuelta en la esquina de la agencia funeraria y vomitarme en los zapatos. Mucho había hecho con resistir la misa de cuerpo presente, entre cempasúchiles fétidos y llantos familiares. Mi amigo Maples me vio tan mal ahí, agachado, expulsando el café y los tacos de la madrugada, que me ofreció un cigarro por primera vez en la vida. Un cigarro barato, robado a su madre. Aspiré el humo a través del algodoncito del filtro y tosí tanto que tuve que vomitar otra vez. Una hojita de cilantro sin mascar se proyectó al concreto. Maples me miraba con sus ojos de sapo escapándose por debajo de unas cejas como cepillos: estaba asqueado. Hice un gesto de alivio para tranquilizarlo. Regresamos a la funeraria y nos dejamos caer en la escalinata de entrada, junto a las flores colocadas en honor al difunto de la sala principal. «Para el querido Pachito, inolvidable», rezaba uno de los listones. Pachito debió ser todo un rey, pues una docena de fulanos, con facha de obreros de otra época, pasaron la noche en vela junto a su féretro, haciéndoles escolta a unas enlutadas que bostezaban sin separar la vista de sus teléfonos.

—Ésas creo que son la viuda y las hijas —aventuró Maples, escudriñándolas—. La señora seguro estuvo buena en sus tiempos: las hijas están piernudas.

Carlos Villaurrutia era un hermanito para nosotros. Los compañeros del equipo tratamos de cooperarnos para llevar flores a su velorio, pero no se reunió el dinero necesario. En realidad, apenas conseguimos lo suficiente para unas cervezas y sólo porque la madre de Maples nos prestó los envases. Antes de aparecernos en el funeral las bebimos, de pie y en la acera exterior de los andadores multifamiliares en que vivíamos. De su muerte nos enteramos por la radio. Lo que explicaron al aire, con lenguaje de boletín, fue algo así: «*Esta mañana, en el transcurso de una aparente riña, se desató una balacera en el interior del mercado Comonfort, al sur de la ciudad, dejando como saldo la muerte de un joven. Los presuntos responsables se dieron a la fuga y son ya buscados por las autoridades. La víctima, de dieciocho años, respondió en vida al nombre de* (…)». El locutor pasó a quejarse de la multiplicación de crímenes en nuestra zona y rogó al auditorio su opinión sobre la posibilidad de que se impusiera la pena de muerte a todos los pillos y sinvergüenzas del planeta. Algunos se conmovieron cuando asestó el remate: «¿Qué hijo de puta le mete una bala a un chamaco? ¿Por qué lo soportamos? ¿Por qué?». El mercado Comonfort se alzaba a unas cuadras de nuestros andadores, al otro lado de una avenida colmada a toda hora por autobuses, minibuses y tráileres. No escuchamos la balacera. La identidad del muerto la descubrió la tía de Maples, que anotó los apellidos porque le parecieron conocidos. Entre los asistentes al funeral se murmuraban consignas contra Max, el hermano mayor de los Villaurrutia. Era un tipo forzudo y petulante, que había heredado la rosticería fundada por sus padres en el mercado Comonfort, y pronto descubrió que la venta de películas y *software* piratas resultaba mejor negocio que pasar el día dedicado al despiece de aves y el sofrito de pechugas y pescuecitos. En el tenderete de Max se exhibían todo tipo de discos con archivos ilegales: estrenos de cine, juegos de moda, programas de computadora. Y, ocultas a la vista, también una serie de películas puercas que los visitantes sabíamos que estaban allí, al alcance de la mano del vendedor, pero fuera del escrutinio de las matriarcas que hacían la compra matinal. Max también era bueno para hacerse de enemigos. Pretendió y persiguió a la hija del carnicero del Comonfort hasta que éste lo amenazó con el cuchillo de filetear. Y los dueños de un tinglado de aparatos eléctricos lo acusaban de la rotura de sus candados y el robo de tres televisores durante un puente de la Independencia. Por si ese expediente no bastara para hacerlo sospechoso, Max era un apostador compulsivo: le metía dinero a los resultados del futbol nacional, el español y el inglés, a la Serie Mundial, a las carreras de Fórmula Uno y al basquetbol. En contraste, nuestro Carlitos no hubiera robado ni siquiera las guayabas que caían de los frutales raquíticos del camellón frente al mercado. Ayudaba a su hermano con el puesto los fines de semana, cuando el chalán de planta tomaba su descanso. Era necesario, porque Max salía por las noches, se bebía uno o dos litros del alcohol más abrasivo posible y no estaba en condiciones de abrir antes del mediodía. Las chicas del barrio nos refirieron el rumor que corría entre sus padres: unos tipos del rumbo de la colonia Tabacalera habían ido al Comonfort para reclamarle un dinero a Max; no se sabía si de una apuesta o de alguna mercancía que había vendido y cobrado, pero que jamás entregó. En fin, los ofendidos y el vendedor se hicieron de palabras, alguien lanzó una frase indebida sobre la madre del otro. Hubo gritos, empujones e insultos. Lo siguiente que se supo fue que Carlitos cayó al suelo, con una bala en la cabeza.

Maples y yo trabajábamos en un centro comercial llamado Ultramarina. No dejamos los estudios sin lucha previa: Maples hizo trámites para Derecho pero, con sus calificaciones, eso equivalía a que su perro hubiera competido para ser el centro delantero del Barcelona. Yo, que no tenía un promedio tan malo como el suyo, me presenté en la escuela de Administración; tampoco me alcanzó el talento y no aparecí en las listas de ingreso. Me consolaba saber que a mi amigo le había ido peor que a mí en los exámenes: los reprobó por las puras faltas ortográficas. Como la posibilidad de que me convirtiera en un vago aterraba a mis padres, salí de casa y conseguí empleo en la Gran Papelería Unión, el local menos interesante del Ultramarina. Mi puesto era de «asociado», una mezcla de vendedor y cajero. También Maples fue admitido. El horario laboral era de ocho horas, con cuarenta minutos libres al mediodía, que alcanzaban para correr a la avenida y engullir unos tacos. Éramos, desde luego, unos esclavos, pero no podíamos quejarnos de maltratos excesivos. Nos permitieron faltar el día del funeral de Carlitos, por ejemplo. En cambio, nos sobraban razones para lamentarnos por la mala paga y el trabajo en sí, aburridísimo por las mañanas, cuando los niños estaban metidos en la escuela, y enloquecedor por las tardes, cuando salían como abejas en busca de forrar cuadernos, comprar lapiceras y, sobre todo, sentarse a hacer la tarea frente a las máquinas con internet. Pero la papelería lucía despoblada, aquel lunes. Yo había pasado un fin de semana insufrible, con agruras y pálpitos, dándole vueltas al misterio de los mensajes. Maples sorbía un chocomil servido en bolsita. Esperé a que lo terminara antes de alarmarlo.

—El sábado, en la madrugada, me apareció un mensaje de Carlitos.

Él frunció sus cejas negras y tupidas, un par de gusanos quemadores sobre el puente de la nariz. Sacó el popote de la bolsita y se lo dejó en la boca, a manera de cigarro.

—¿Un mensaje perdido?

—No. Alguien entró con su cuenta y me mandó un: «*¿Estás, List?*». Eran las cuatro de la mañana.

—¿Te llamó por el apellido?

—Como hacía Carlitos.

—¡Madres!

Me miró como si un pájaro hubiera cagado sobre mi cabeza y no volvió a decir nada hasta la hora de salida. Caminamos a la avenida, subimos al autobús, llegamos a los andadores. Nuestras casas estaban una al lado de la otra, con un sendero de hierba pisoteada en medio. Allí habían transcurrido los dieciocho años de nuestras vidas.

—Hay que bajarnos algún programita para ver de dónde escribe —dictaminó mi amigo.

—No tengo idea de cómo.

Maples ensayó una cara de inteligencia y se puso tras la oreja el popote del chocomil, que había mascado hasta ese momento.

—Llámale a tu compa el fresa, al Javier. Ese güey sabe todo lo que hay en el universo, ¿no? Es un pinche genio, ¿no? Pues que lo resuelva.

Era verdad, pensé, aunque me molestaba darle la razón a Maples: Javi sabría qué hacer.

Conocí a Javi O'Gorman años atrás, en la doctrina católica, mientras nos aleccionaban para recibir la primera comunión. Sor María de las Nieves, tía de mi madre, era profesora en el colegio Alpes Suizos, uno de esos repletos de nenes perfectos a los que nunca verás en el metro. Los jerarcas del lugar le facilitaban un salón, las mañanas de los sábados, para «preparar» a los que serían inducidos a *probar el cuerpo de Cristo*... Nunca existieron posibilidades de que yo fuera un alumno regular allí, pero el padre Novo, director y amo del colegio, le concedió permiso a la tía para salvar mi alma uniéndome al grupo de catequesis. Le tenía una consideración particular: sor María de las Nieves llevaba años en silla de ruedas, luego de una volcadura de auto. La primera vez que vi a Javi, él se concentraba en sonreírle a la catequista que auxiliaba a la tía, acarreándola en la silla de acá para allá. La chica era morena, lista, con unas piernas largas como el pecado que todos mirábamos, aunque nos esforzáramos por no hacerlo. Javi podía ser chocantísimo: había sido capitán del equipo de volibol del Alpes Suizos (cuya mascota era una cabrita), hablaba con naturalidad sobre sus vacaciones en Colorado o Sao Paulo y era capaz de repetir las genealogías de los colegiales que nos rodeaban, comenzando por la Conquista y alcanzando el día anterior. Pero no era ningún pendejo. Nos hicimos amigos porque yo admiraba su fama de peleador: se había enfrentado a golpes, exitosamente, con Pablito Novo, sobrino del director del colegio. Y porque fue capaz de hacer que mi tía echara espuma por la boca al sostener, en plena catequesis, la imposibilidad de que la humanidad se reprodujera tal y como dice el Génesis que sucedió, y por atribuirlo, encima, «al incesto ritual». Javi se contuvo al percatarse de que la auxiliar le hacía gestos de súplica. A ella le sonrió, como siempre. Y se calló la boca. Habían pasado años desde entonces. Conseguí escaparme de la misa de primera comunión y el trajecito blanco, pero seguí viendo a Javi. A veces, en el caserón de su familia, con perro en el jardín, una alberca del tamaño de mi casa y una hermana, Gina, que era una belleza rubia digna del Alpes Suizos. En otras ocasiones, en el estadio. Eso era importante. A Maples maldita la gracia que le hacía Javi hasta que supo que su padre era dueño de un palco. Javi, como Maples, y yo mismo, era fanático del futbol. Que nuestros equipos fueran enemigos acérrimos no borraba el placer de aplastarse en uno de los silloncitos del dichoso palco y mirar los pelotazos en primera fila. Mi idea era simple: presentarnos en casa de los O'Gorman, preguntar si habría partido el fin de semana y, de paso, relatar la fantasmal aparición de Carlitos e interrogar a Javi sobre los métodos para rastrearla. Debíamos elegir entre el autobús o el metro y, en cualquier caso, caminar cuadras y cuadras para llegar a la colonia de los O'Gorman. Elegimos el metro para ahorrar y porque nos daba tiempo para debatir cómo le plantearíamos el tema a Javi, que apenas conoció a Carlitos y cuya fe en la vida ultraterrena no habría aumentado desde las épocas en las que acusó a Eva de cometer pecados innombrables. Decidí que sería sincero y, también, aunque no se lo confesé a Maples, que intentaría saludar a Gina con un beso, algo que había conseguido postergar, dolorosamente, a lo largo de los años que llevaba de tratar a su hermano. El enorme portón de madera me pareció, por vez primera en la vida, una buena señal. Pulsé el timbre.

—*Buenas-tardes-vengo-con-Javi* —dije, tan atropelladamente que Maples me imitó, cloqueando como un guajolote.

No hubo más respuesta que el chasquido eléctrico de una cerradura. Pasamos. En la alberca estaba Gina; la acompañaban cinco amigas, que retozaban en el agua y las tumbonas de los alrededores. Maples se negó a caminar un paso más.

—Que salga el fresa y acá lo esperamos.

Tuve que darle una amistosa patada en el culo para que se moviera. Las chicas serían uno o dos años mayores que nosotros, ya cursaban la universidad. Aunque nos esforzamos por hacernos ver, ellas nos ignoraron del mismo modo en que pasaban por alto a los mosquitos. La habitación de Javi siempre me recordó a los *bungalows* que mi padre insistía en que alquiláramos, cada verano, durante nuestros días anuales de playa: una puerta corrediza de vidrio, recubierta por un cortinaje, la separaba de la terraza y la alberca. Golpeé el marco de aluminio con una moneda. Sonó metálico, hueco. Javi estaba echado en una silla de cuero, empeñado en alguna tarea de computadora que interrumpió al oírnos. Estudiaba ingeniería en sistemas o alguna carrera así de lustrosa. Nos sorprendió con un par de patillas rubias que, como las de un héroe de la Independencia, le alcanzaban la quijada. Tuvimos que reírnos.

—Pinche Iturbide —le dije.

—Pinche Morelos —se defendió él.

—Yo no parezco Morelos.

—Le digo a Maples. Tú pareces... sabrá Dios qué pareces.

Nos estrechó la mano sin ponerse de pie. Mi madre me habría arrojado un florero a la cabeza si me hubiera visto hacer un desplante así: en su concepto del mundo, uno siempre debía levantarse a saludar a los recién llegados. Detestaba la grosería de los ricos, que a Javi le quedaba tan natural.

—Vienen tus Linces este viernes al estadio, pinche Maples. Si mis papás se van al Lago, con sus amigos, le caemos. ¿O qué?

Bien. El tema del futbol había salido naturalmente, sin que hubiera necesidad de imponerlo. Quise avanzar al punto que me interesaba, que era la búsqueda de los mensajes, pero Javi y Maples se trenzaron en una discusión sobre los méritos de sus equipos. Que si el Chato era más rápido que el Zoclo, pero el Pitarcas siempre se burlaba al Mastodonte, etcétera. Preferí asomarme y otear por la ventana. Gina estaba metida en el agua, apenas se le veía.

—¿Y esa sudadera? —reparó Maples, señalándome sin que viniera a cuento—. No la conozco y te veo diario. ¿A poco vas a cambiar de *look*?

Era la que Carlitos había olvidado para siempre en mi casa: la única prenda abrigada que tenía en el armario. No era que ganara suficiente dinero como para gastar en ropa y la usaba siempre que podía. Lo confesé y Maples me miró con reproche.

—Por eso se te aparece Carlos, pinche List. Por usar sus cosas.

Javi, entretanto, seguía en espera de una explicación que no le habíamos ofrecido. Era el momento de abrir el juego.

—Necesitamos ayuda —comencé.

Escuchó, derrumbado en la silla de cuero, mi historia sobre la visita de los matones de la Tabacalera al Comonfort, el pleito con Max, la muerte y reaparición de nuestro amigo en forma de chat. Javi se rascó la cabeza, abrumado.

—Yo no usaría esa sudadera en la puta vida.

Maples hizo un gesto que significaba «te lo dije».

—La sudadera no tiene que ver. Sólo quiero saber quién es el hijo de la chingada que usa su nombre.

—Quema esa cosa.

Me crucé de brazos para dejar claro que no iba a hacerles caso a sus terrores supersticiosos. Maples tosió, como si quisiera escupir al piso, pero una mirada furibunda del anfitrión lo detuvo. Volvió a tragarse la saliva.

—A ver, mándale un recado tú. Y pregúntale algo que sólo él supiera —propuso Javi.

—Ya se lo dije —se enorgulleció, falsamente, Maples, que no había pronunciado una palabra al respecto.

Javi me cedió su sitio ante la pantalla. Su silla era comodísima, hecha a la medida. Pasé la mano por el suave reposabrazos. El contacto de Carlitos aparecía conectado, pero inactivo.

—Salúdalo.

List:

¿Carlos? Qué pues.

No sucedió nada. Se abrió la puerta y la madre de Javi, una mujer elegante y cordial, llegó junto a una empleada que transportaba una bandeja con cocacolas y los respectivos vasitos. Nos ofreció también unas tazas con helado, extremo que rechazamos por parecernos ya un exceso de cortesía. Maples no le retiró la vista a la dama durante la visita. Y cuando la puerta se cerró tras ella, lanzó su zarpazo.

—Oye, qué mamá tienes, ¿eh?

Javi lo miraba como si fuera a decapitarlo cuando llegó la respuesta.

Carlitos:

Qué pasó, List. Ya suelta al Mapletorpe.

Era un pésimo apodo, pero indudablemente producido por el ingenio del muerto. Así le había dado por llamarlo en los últimos tiempos, antes de que lo mataran. Tuve que responder.

List:

Carlos, dónde estás.

Sobrevinieron minutos de silencio. Javi dejó de torcerle el cuello a Maples con la vista y ambos permanecieron tiesos, atónitos. Cedí el asiento al anfitrión, que comenzó a abrir ventanas de navegador a manotazo limpio.

—Es muy difícil meterse con los protocolos de estos servicios. Lo que puedo buscar es alguna aplicación que… Ay, cabrón.

Señalaba la pantalla, erizado, con la boca a medio abrir.

Carlitos:

En la tienda, como siempre.

Allí lo habían matado. Dónde más se conectaría a internet.

La ventana de conversación se cerró en aquel momento, por fortuna: me muero si la plática hubiera proseguido. Maples, morado de espanto, se dejó caer a los pies de la cama. Javi se hundió en su silla. No pudimos deliberar sobre lo que acababa de ocurrirnos, pues golpearon la puerta del jardín y, sin esperar respuesta del interior, la cortina fue jaloneada y, tras de ella, brotaron dos chicas: Gina, en *jeans* y zapatos de piso, y una morena de cabello corto. La hermana de Javi no se molestó en saludar: nos dio órdenes.

—Oigan, Gaby vino a pasar la tarde pero se tiene que ir. Acompáñenla al metro y a su casa. No puedo llevarla, porque mis otras amigas siguen aquí…

La segunda chica dio un paso al frente y me señaló, como una amaestradora a un perro torpe.

—Somos vecinos. Vivo en el conjunto de la avenida. Fui con Raquel, tu hermana, en la secundaria.

Era, indudablemente, una habitante de nuestros andadores, pero mi madre no la hubiera dejado pasar a casa con aquel mohín de altanería. Yo, en cambio, me sentí acobardado por su seguridad y, pensé, que, con tal de que no me lanzara otra de esas miradas, la hubiera dejado llevarse hasta el reloj de pared que el abuelo se trajo de Viena, mil años atrás. Nos estaban obligando a largarnos sin dilación. Javi prometió encargarse de nuestro asunto fantasmal y, de paso, corroborar si el palco de la familia estaría libre el viernes. Gina le dio un beso a su amiga, muac, y se marchó sin esperar a que yo superara mis reservas y la besara a ella, modestamente, como despedida. Nadie nos acompañó a la puerta principal. Cruzamos la vecindad de la alberca, ya sin invitadas, y el pasillo del fondo. El portón se abría desde adentro, con un botón colorado. Salimos a la calle en silencio. Yo había llegado a la conclusión de que sería mejor no preguntar nada a Gaby, pero no llegué a decírselo a Maples y mi amigo nunca fue un gran estratega: se precipitó.

—¿A poco estudiaste con las güeras del Alpes Suizos? Seguro eras becada —escupió en cuanto nos alejamos de la mansión.

Gaby caminaba con mayor agilidad que nosotros; costaba mantenerle el paso.

—Ya salí hace un año. Ahora estoy en Derecho. Soy amiga de Gina desde entonces, sí.

A Maples se le puso amarga la cara: la chica estudiaba en la escuela que a él se le negó. Aunque yo, en realidad, no es que envidiara las oportunidades de la vecina. Javi sostenía que el nivel educativo del Alpes Suizos era una porquería: los chamacos eran terroristas que hacían imposible la vida de los maestros, y habrían terminado expulsados todos si sus padres no pagaran unas colegiaturas siderales. De hecho, los O'Gorman debieron echar mano de su fortuna y reputación para evitar que a Javi lo echaran cuando se agarró a golpes con Pablito Novo, el sobrinazo del director. Alcanzamos la estación de metro con la luna ya en alto. Tuvimos suerte, había asientos libres en uno de los vagones. Gabriela se sumergió en el celular; Maples miraba su reflejo en la ventana, afanándose por no clavarle la vista a los muslos de la vecina. El metro se detuvo en la estación previa a la nuestra y Gaby me señaló con mano temblona. Su gesto era de sorpresa, quizá de enfado.

—Esa sudadera no es tuya.

Señalaba, sí, la de nuestro muerto.

—No. Era de Carlitos Villaurrutia. La olvidó en mi casa.

—Claro que es de Carlitos. Yo se la regalé.

Los andadores fueron construidos en una época de optimismo nacional. El gobierno, que los financió, decidió que a la gente no le importaría vivir arracimada con sus vecinos, a cambio de ser la propietaria de cuatro paredes y unos palmos de tierra. Por ello, entre las puertas de cada una de las casitas y la de al lado, apenas se contaban un par de metros; y las ventanas laterales de unas viviendas estaban enfrentadas con las de otras; y uno se daba cuenta, quisiera o no, de qué matrimonio peleaba, cuál niño padecía gripa, quién festejaba a gritos los goles de su equipo, o lloraba los del rival, a quién le gustaba vocalizar sus entusiasmos amorosos por la madrugada… Gaby nos llevó a un jardín reseco, repleto de escombro, al final de las últimas casas. Las ventanas no asomaban allí. Sólo una lámpara solitaria arrojaba un chorrito de luz a los aires.

—Es perfecto para traerse a la novia —dijo, delicado, Maples.

—Aquí venía yo con Carlitos —confesó Gabriela.

Antes de que pudiéramos imaginarla en brazos de nuestro difunto, a quien era difícil relacionar con cualquier chica, quiso aclararse.

—Éramos amigos. Platicábamos…

—Seguro te contó que estaba enamorado de List. O de mí. Nos miraba en las regaderas del fut…

Gabriela volteó, con expresión incómoda. Maples se contuvo tres segundos antes de partirse de risa y ella torció la boca.

—Eres un asco.

Tuve que recurrir a toda mi diplomacia para tranquilizarla. Le pedí a mi amigo que se largara, pero él se negó. Sacó del bolsillo uno de los cigarros apestosos que robaba a su madre y se echó a fumarlo junto a un árbol sin hojas. Traté de recobrar la charla en el justo punto en que se había detenido.

—Entonces, le diste la sudadera...

Gaby dedicó otro gesto de repugnancia a Maples antes de responder.

—Sí. Se le perdió un suéter y Carlos se puso mal. No por el regaño, sino porque no lo dejaban en paz. Con eso y con todo... Su hermano Max lo jodía muchísimo. Por eso le regalé la sudadera. La vi en el Ultramarina, en la tienda donde trabajo, y me gustó. Siempre lo obligaban a ponerse cosas que se veían viejitas y ésta era diferente...

Me avergoncé de llevarla puesta; me sentí el invasor de una plática ajena. Por otra parte, cavilé de inmediato, Carlitos era nuestro amigo mucho antes de que lo fuera de ella, y debería habernos contado sus cuitas... Aunque, claro, la posibilidad de que le hubiéramos regalado ropita para contentarlo era, digámoslo, nula. Gaby narró que ambos se acercaron en un grupo de oración común, pero, sobre todo, en aquel jardín desierto. Allí se refugiaban cada vez que las dificultades caseras los abrumaban. Carlitos era el menor en una familia que había sido cuna de comerciantes desde tiempos de los toltecas, pero lo angustiaba la posibilidad de convertirse en lo mismo que su hermano, un puestero bronco y majadero. Gaby, por su lado, era lista y bien portada (en serio: así se describía) y había logrado convencer a su familia de que, en vez de enviarla a las mismas escuelas numeradas que fuimos nosotros, la dejaran concursar por una beca en el Alpes Suizos. Se aprendió el camino y repitió el truquito con la escuela de Derecho. También los persuadió de que le permitieran trabajar como dependiente en una de las tiendas de moda del Ultramarina, a pesar de su juventud. Era una de esas chicas que obtienen lo que se les ocurre. La noche se caldeó. No soplaba aire. Todo era triste: la confesión de Gaby, el destino de Carlitos, la preocupación de Maples de que le hubieran sabroseado las nalgas en las regaderas. El desconcierto me llevó a hacer una oferta: me quité la sudadera y se la extendí a la chica.

—Quédatela.

Maples, a su espalda, inclinaba la cabeza y los ojos se le desorbitaban: la prenda le daba miedo.

—No. Guárdala tú. Si Carlos la dejó en tu casa, habrá querido que la tuvieras.

Ahora me sentía ridículo. Gaby levantó la vista a las estrellas y Maples aprovechó para fingir que no la miraba.

—Adiós —dijo ella y se marchó del terregal.

Dos

Javi O'Gorman llamó al teléfono de casa el jueves, ya tarde. Menos mal que mi hermana, que hacía cinco segundos había colgado una llamada con el novio, respondió al primer timbrazo, antes de que el abuelo despertara y se pusiera de malas.

—¡No revisas el celular! —me acusó la voz, ligeramente vanidosa, de mi amigo.

Lo saqué del bolsillo. Estaba, sí, apagado. Volví a activarlo.

—Tenemos palco mañana. Mis papás se van al Lago.

Maples se pondría feliz, pero a mí me estaba dando más o menos lo mismo. La pantalla del celular lanzaba destellos rojos: un mensaje. Mi estómago hirvió.

—Algo nuevo de Carlitos, güey.

Escuché el bufido de Javi en la bocina.

Carlitos:

Ven al mercado. Acá te veo.

—¿Eso dice?

—Solamente. Lo mandó hace dos horas, pero no lo vi.

Era su número, el de toda la vida. Necesitaba saber más. Corté la llamada con Javi, y convencí a mi madre de que había olvidado comprar una medicina y debía ir con urgencia a la farmacia nocturna. Salí a la oscuridad de los andadores. Tuve la impresión de que alguien me seguía los pasos, pero al voltear atrás sólo vi una silueta, al fondo de un corredor. Se alejó. Noches antes, había decidido que los mensajes debían ser una broma, y dejé de lado el tema, sumido en la rutina de papelería y familia. Pero la sombra de Carlitos había vuelto a ponerme en marcha y allí estaba yo, corriendo como pendejo en busca de fantasmas. Tardé diez minutos en alcanzar la pequeña mole del Comonfort. Cerrado y sin luz, apestaba al cloro con el que los puesteros fregaban los suelos antes de cerrar. El pavimento de la calle contigua estaba roto por el desfile habitual de cargueros y cada bache se había inundado de agua espumosa, grasienta. Unos perros, que mascaban carne seca debajo de unos contenedores, eran toda la vida observable. Solía haber guardias uniformados en el mercado, según recordaba, pero jamás aparecieron por allí. Pegué la cara a la reja lateral. A través de un agujero pude ver una luz en el puesto de los Villaurrutia. El fulgor de la pantalla de una computadora. O un alma sin sosiego… Pese a mis afanes, el candado no cedió. Tampoco era posible escalar: ni mis pies ni mis manos cabían en los huecos simétricos del hierro. Di una vuelta entera al perímetro del mercado en busca de un paso libre, pero no pude dar con él. Mi madre se preocuparía por mi tardanza en dos segundos y más valía no desatar al dragón de sus reacciones, pensé. Conocía el Comonfort desde niño y tuve que aceptar el hecho de que entrar a deshoras resultaba casi imposible. Me asomé por última vez. La luz había desaparecido. Eso me asustó lo suficiente como para volver sobre mis pasos lo más veloz que pude. Cada perro entrevisto en el camino me pareció una amenaza. Volví a los andadores muy sofocado. La silueta del pasillo había desaparecido; la maldije. Pasé a mi habitación luego de gritar unas apresuradas buenas noches a la familia. Me tendí en la cama, sudoroso, sin resuello. Algo estaba mal. No era posible que un muerto me llamara por las noches: tenía que hallar la explicación. Marqué al celular de Javi, respondió el buzón. Se había dormido. La ventana de Maples, en la esquina, ya estaba oscura. No encendí el foco, como si la noche pudiera esconderme de lo que me había convocado al mercado. La sudadera yacía en el respaldo de la silla: un cadáver en reposo. Mi madre era implacable para lavar lo que encontrara fuera del cajón, y yo no tenía otro abrigo. Guardé la prenda antes de que pasara, de nuevo, por el ciclo. Pero entonces, al sostenerla en las manos, tuve la impresión de palpar un objeto sólido. Como había varios, por dentro y fuera, me afané un rato esculcándole los bolsillos. Era una llave. Pequeña, sucia, con dientes mellados. Podía ser de Carlitos: de su casa, algún cajón en su escritorio o la reja del mercado. Me acometió un asco repentino. Sentía como si una mano podrida y aceitosa me la hubiera entregado. La devolví a su lugar. Mi madre, después de todo, no lavaba la ropa tan bien como presumía, porque nunca la encontró. Estaba a punto de acostarme, pero revisé de nuevo el celular.

Carlitos:
Te vi. ¿Por qué no entraste?

Mis tripas eran una bola de fuego.

Maples y Javi vociferaban, y se llevaban alternativamente las manos a la cabeza, según sus equipos retrocedieran o avanzaran por la cancha. La multitud berreaba y coreaba las jugadas de peligro. El aire olía a cerveza, pies sudados y colonia barata. Adán, el tío solterón de los O'Gorman, un hombre canoso y bajito que saludaba con una mano floja como un pescado, había aceptado acompañarnos y, de hecho, nos había llevado al estadio en su camioneta de gente rica. No parecía interesado en el juego: se dedicó a perder el tiempo en el celular y a mandarse mensajes con alguien. ¿Un amor? Si era así, debía traerlo de un ala, pensé, porque sonreía cada vez que recibía una respuesta a sus tecleos. Yo tampoco andaba de ánimos para interesarme por el partido ni por las vecinas de palco, unas rubias a las que Maples escrutaba con ojos de águila cada vez que el balón se detenía. Seguía dándole vueltas en la mente a las apariciones, cada vez más espeluznantes, de Carlitos. Sus mensajes, la llave. En el medio tiempo, Adán anunció que se iría y nos recomendó volver en taxi. Besó en la frente a su sobrino; ante mí inclinó la cabeza, como un mesero atento. Bajó las escaleras al trote.

—A ver cuándo nos vuelves a sacar de paseo con tu tío el joto —reprochó Maples.

—Eres un pinche enfermo —escupió Javi, furibundo—. Adán es un tipazo. ¿A ti qué te afecta o qué?

—Lo mismo dice el que lo está besando.

Volteamos. El tío abrazaba, de modo muy cariñoso, a un sujeto alto, con playera de los Linces, que me resultó conocido, aunque no podía decir de dónde. Se alejaron hacia la salida. A Javi no se le fue el dato de que el amigo de Adán compartía las preferencias futbolísticas de Maples.

—Orgullo Lince, ¿no?

Más tarde, junto a la alberca de los O'Gorman, consumiendo las cervezas que Javi pagó por la derrota de los suyos, puse a mis amigos al tanto del hallazgo de la llave y mi fallida inspección al Comonfort.

—Qué pinche miedo —susurró Maples, ya olvidada su pose de valentón.

—La luz fantasmal sí está para cagarse —agregó Javi, rascándose las patillas.

Ambos coincidieron en que el hallazgo de la llave era una pésima señal.

—Busca a Gaby y dásela. Si tan su amiga era, que se la eche a la tumba —indicó Maples y se ofreció, incluso, como voluntario para negociarlo—. Puedo llevarla a platicar al jardincito y que un ladrillo sea nuestra almohada…

Respingaron al darse cuenta de que llevaba la sudadera conmigo, enrollada en el brazo.

—Y tú con eso, pinche loco —renegó Maples—. Ya deja de usar sus cosas.

Comenzaba a disfrutar su inquietud. Para aumentarla, saqué la llave del bolsillo y la extendí en la palma de la mano. Bajo la luz indirecta, me resultó más sucia y rayada que la primera vez. Le pegué un trago a la cerveza para festejar su mutismo.

—Quítame eso de enfrente —chistó Javi—. Mejor voy a contarles lo que pasó con el rastreo.

Protestamos: habían pasado tres días sin que reportara nada. Javi levantó las manos, conciliador. Ningún pájaro cantaba; las ramas, en la arboleda del jardín, parecían esperar una brisa que las meciera.

—Apenas ayer encontré cómo rastrear un chat. Tuve que bajarme un montón de aplicaciones, mamada y media…

Levantaba las cejas con orgullo. De nuevo era aquel gallardo capitán de las cabritas del volibol. Nos pidió que lo siguiéramos a su recámara. El pasillo olía a sales de alberca. Gina no se veía por ningún lado. La máquina estaba encendida, pero asegurada con la pantalla de bloqueo. Javi tecleó una contraseña y se desplegó al instante un mapa del sur de la ciudad. Reconocí, luego de observarlo un rato, la zona residencial en la que nos encontrábamos y, más al sur, el estadio, la línea del metro y hasta el Ultramarina. Una banderita roja señalaba el lugar en que se hallaba la dirección desde la que se habían remitido los mensajes.

—Es una manzana grande. A lo mejor son edificios de departamentos o los andadores en los que viven ustedes.

Maples contemplaba el mapa con el mismo desconcierto de un mono ante un juego de química, pero yo no dudé.

—Es el mercado Comonfort. Allá está la avenida, acá la parada del camión, por aquí se baja a los andadores.

Tras una risita, Maples sacó un cigarro torcido del bolsillo y se lo dejó en la boca, sin encenderlo. Lanzó un eructo a los aires.

—El pinche fantasma está en el mercado. Ya lo sabíamos. ¿Para eso tanta mamada?

Soñé que me encontraba con Gina en los pasillos blanquísimos del Ultramarina. Usaba uniforme y parecía más chica, como la primera vez que comí en su casa, años atrás. Caminábamos entre ecos. No había nadie allí, aparte de nosotros. Los escaparates brillaban con chispazos azules. Ella llevaba los brazos cruzados sobre el pecho, y yo pensaba que lo hacía así para no tomarme de la mano. Pero sabía también que habría por delante muchos años para intentarlo. Experimentaba una suerte de paz. Podía olerla: su aroma a sales de alberca era perfecto. La sentía tibia como el agua. Ella no sonreía, tampoco se alejaba. Subimos una escalera y yo me decía que era necesario mantenerme a su lado y no atrasarme, como hubiera hecho Maples, para mirarle las piernas. Nos detuvimos en un balcón. A nuestros pies, el Ultramarina entero. Gina parecía triste.

—Si te matan, te vas a quedar aquí. Siempre.

Desperté con frío. Me empujé de un trago el vaso de agua entero. Había notificaciones en el celular. Antes de caer dormido, estiré la mano y revisé. No era Carlitos, sino una oferta de cualquier cosa, que borré de inmediato. Menos mal.

Eran las nueve y media del sábado. Desperté incómodo, como si llevara un tenedor metido en el abdomen. No tenía que ir al trabajo: cada fin de semana, la Gran Papelería Unión les pertenecía a los eventuales, unos sujetos peor pagados que nosotros, los empleados rutinarios. Mis padres bebían café; el abuelo tarareaba en el incomprensible alemán de su infancia. Me urgía salir a la calle, así que me salté el desayuno y la ducha. Quizá debí cargar con la sudadera de Carlitos, porque el cielo gris hacía pensar que llovería, pero la recordé cuando ya había dejado atrás los andadores. Mi prisa demostró no tener justificación. En el Comonfort sólo estaban abiertos los tenderetes de verduras y las fondas. El local de los Villaurrutia mantenía la reja asegurada con un par de candados. Me aposté frente al letrero despintado de la vieja rosticería, que ahora rezaba, en grandes letras rayadas en cartulina:

Todas tus series y estren—
os en dvd DOBLADAS al

---

español y TODOS tus prog—
ramas de PC y MAC al mej—
or PRECIO. No busques más
SIEMPRE IMITADOS
JAMÁS IGUALADOS

Caminé al local vecino. La vendedora confirmó que el puesto de los Villaurrutia no entraría en actividad antes de las once o doce: apenas eran las diez. Me alejé, en busca de una fonda menos repulsiva que las otras. En el rincón, di con una que me pareció conveniente. Pedí café y quesadillas y me senté a esperar. Carlitos, Maples y yo habíamos sido amigos desde que aprendimos a caminar solos. Jugamos al futbol en el pasto sediento de los andadores. Estudiamos en las mismas aulas. Pero nos distanciamos al salir de la prepa. Carlitos siempre fue mejor estudiante que nosotros. Era uno de los mejores promedios de la escuela de Arte. Le interesaba la fotografía y Max había prometido comprarle una cámara profesional si seguía ayudándolo con el puesto. Todo había saltado en pedazos, al final. Pagué la comida. Afuera, las nubes abrían paso a un sol duro que arrancaba a las frutas el tradicional perfume rancio del mercado. El puesto de los Villaurrutia ya estaba en funciones y una docena de personas curioseaban alrededor de las cajas de películas, dándose empujones entre los estantes y el escritorio de la computadora. Distinguí una cara familiar ocupada en la cobranza. Era el amigo de Adán, el del estadio. No me quedó duda. Tres metros más allá, Max conversaba con un tipo de cabello gris y ropas negrísimas. Abandonaron la charla apenas notaron que estaba a su lado. El hermano de Carlitos me reconoció de inmediato y puso la mano en mi hombro con tanta fuerza que me lastimó. Su compañero, descubrí con espanto, era el padre Novo, amo del Alpes Suizos. Un grandulón se hacía pendejo entre los puestos laterales. ¿Otro cura? Quizá un guardaespaldas, pensé. Novo sonrió. Daba la impresión de haber dicho todo lo que deseaba. Max se mordía los bigotes. No era imposible que su vida desordenada, y el hecho de que siguiera llevándola luego de la muerte de Carlitos, fueran los motivos de la plática. Fue el primero en desviar la vista y exhaló un pequeño huracán.

—Bueno, padre… Créame que me tomo en serio lo que dice…

Novo parecía fastidiado por la terquedad de su oveja.

—Muy bien, hijo. Pero no olvides que hay poco tiempo.

Max hizo ademán de presentarme: el cura lo interrumpió antes de que pudiera hacerlo.

—¡Qué me vas a contar de este muchacho, si es sobrino de sor María de las Nieves, maestra queridísima en la escuela! Conozco a sus papás y su hermana… Hasta en la doctrina te tuvimos, ¿verdad? Aunque te escapaste de la comunión.

Habían pasado años y aún no lograba mantener la cabeza en alto frente a la voz del padre. Él me revolvió el cabello y luego estrechó la mano de Max con lentitud, como si midiera fuerzas. San Jorge probando al dragón. Se alejó por el lado de las fruterías, no sin antes aceptar la manzana que una niña le ofreció, animada por una puestera. Se frotó el tributo en la solapa del saco y le hincó el diente. Su cura-guardaespaldas le lanzó una mirada a Max, que no supe si interpretar como amenaza (un acuerdo tácito de romperle las rodillas cuando no hubiera testigos, digamos) o qué. Se marchó. Max levantó al aire la nariz y los bigotitos. Su lado bravucón se había apagado. La voz del padre Novo lo rebajó a simple tendero. Me di cuenta, en ese momento, de que no tenía idea de cómo plantearle el asunto de la visita sin ofenderlo. ¿Cómo le dices a un tipo que perdió al hermano que recibes chats de ultratumba a su nombre, emitidos, además, desde el sitio en que lo mataron? Le escupí una serie de preguntas sobre la computadora del local y la manera en que la mantenía a salvo de ladrones. Él, trastornado, no hacía caso. Seguía con la mirada en el punto donde había visto por última vez al padre y su acompañante.

—Perdón. ¿Qué dijiste?

—Que cómo andas, güey.

Resopló como si fuera a reír. Pasó un minuto así. Luego, se abrió camino entre quienes revisaban sus películas, agarró cinco o seis e hizo un paquete, que me puso en las manos.

—Mira, llévales los estrenos a tus papás.

Tenía la mirada más triste que le hayas podido ver nunca a un perro. De vuelta en casa, llamé a Maples y lo cité. Llegó salido del último sueño, con una playera arrugada.

—Fui al mercado. Hablé con Max.

Él se restregó los ojos.

—¿Le dijiste del fantasma? Pinche List, qué animal eres.

—No le dije un carajo. Estuve revisando la reja y los candados desde temprano y le pregunté si todo se quedaba bien guardado. Parece que sí.

Él torció la cara como si me hubiera descubierto en medio de una gran estupidez.

—No habrás creído que el fantasma iba a dejar rastro.

—Pudo dejar una señal o que Max notara algo. Pero no.

—Nada raro.

—No creo. Max sigue mal. Lo vi hablando con el padre Novo, el del Alpes. Le estaba poniendo una cagada importante.

Mi amigo se dejó caer en el silloncito y apoyó los pies, metidos en guaraches, sobre la orilla de mi cama.

—¿De dónde sacaron al padre? Esos güeyes no estuvieron en el Alpes Suizos. Ahí no van los vendedores de pollos rostizados. Tú, pendejo, fuiste a la doctrina por tu tía monja. Y la Gaby con su beca. Pero ellos…

Me costaba concederle la razón y repliqué: el colegio recibía cientos de niños para adoctrinarlos, dije, y los Villaurrutia, tan religiosos como el que más, podrían haber sido cercanos al cura hacía años.

—A lo mejor, Max le vende películas.

A los dos nos pasó por la mente el mismo chiste, pero fue él, con su mal gusto, quien lo formuló.

—Le debe comprar porno, pinche List… «Monaguillos ardientes». A güevo que sí.

Luego de que Maples se largara, volví a la cama. A la mitad de un intento de siesta, reconocí que no había avanzado un centímetro en la encomienda de averiguar quién enviaba los mensajes. Necesitaba novedades y no las había. Ni teléfono ni computadora daban pistas del Carlitos fantasma. Quizá jamás sabría la identidad del culpable, pensé, y aquélla sería otra de las cosas inexplicables que suceden en el mundo y giran por siempre en la negrura de lo desconocido. Un vacío en el mapa, un cuarto sin luz. Hacía frío. Me puse la sudadera heredada y tuve cuidado de revisar que la llave siguiera a resguardo. Hice memoria: cuando Carlos murió, llevábamos meses sin platicar sobre nada importante. Él estaba en la universidad y yo no; él trabajaba en el Comonfort y yo en el Ultramarina, que eran repúblicas muy diferentes. Maples y yo soñábamos con mil mujeres; a Carlos no parecían llamarlo en lo absoluto. La llave. Era lógico que, si mi amigo abría el puesto los fines de semana, tuviera una forma de abrir el candado. Quizá debería intentarlo, pensé: otra incursión al Comonfort. ¿Y si abría, qué? No podía haber claves escondidas en un tenderete en servicio, cada día, por ocho horas. A menos, me dije, que la computadora fuera el lugar idóneo para ocultarlas… Era impostergable ir. Guardé en una bolsa las películas regaladas por Max, para esgrimirlas como coartada. Diría que estaban mal y pediría el cambio. Mis padres habían salido de paseo; mi hermana estaría en los cines del

Ultramarina, con el novio. Era un momento ideal. Pensé, por último, que me convendría algún apoyo y crucé el andador para golpear la ventana de Maples, quien me miró con desprecio, como si hubiera ido a promoverle la lectura de la Santa Biblia.

—Pinche List, estoy viendo el fut.

Hicimos nuestras mejores caras de ofendidos. Gané y lo convencí de acompañarme. Protestó, dijo que se pondría los pantalones y cerró la ventana. Un par de minutos después, apareció en el sendero de hierba.

—Ya, pues. Ándale.

Cortamos en zigzag, en vez de seguir la línea de la avenida, y subimos la cuesta hacia el Comonfort. El mercado, en el horizonte, rodeado de cables, irradiaba su eterna peste.

—¿Vamos a pescar al fantasma? ¿Llevas crucifijos y balas de plata?

El portón central del Comonfort ya estaba cerrado, pero uno de los accesos laterales aún permitía el paso. Salté dentro. Escuché rezongar a Maples, que intentaba darme alcance. La mayoría de los locales se encontraba con la cortina baja; no el de los Villaurrutia, al que envolvía el centelleo del monitor. Frente a la mesa de películas estaba Max; su ayudante se agazapaba tras la computadora. Nos ocultamos al otro lado de unas mesas cubiertas por lonas. Max discutía con alguien a quien no fui capaz de ver, de momento: un tenderete me tapaba la escena. Nos acercamos, queríamos oír.

—Dijiste que volviéramos y ya es de noche. Esto urge.

A pesar de su postura de héroe, con las piernas abiertas y la cabeza alta, Max parecía a punto de un desfallecimiento. Respiraba con la escandalera de un tren. Nos pusimos a la vista. Se hizo el silencio y lo aproveché.

—¿Max? Está mal la de *Fortaleza de acero*...

De la oscuridad emergieron, confusos, los visitantes. El padre Novo nos miró como a demonios salidos del último círculo de los infiernos. Unos metros a su diestra, vivaqueaba el otro, la nana-guardaespaldas. Fue evidente el esfuerzo de Novo para dulcificar la voz.

—Buenas noches, muchachos.

Y volviéndose hacia Max, agregó:

—Yo creo que no vuelvo acá, hijito. Ahora, el padre Gilberto dará atención al asunto. Adiós.

Caminó a la salida con majestades de dios antiguo. Desde las sombras, el guardaespaldas, que ahora tenía nombre, nos ofreció su sonrisa.

Maples se pidió una cerveza y lo imité por pura solidaridad. Max nos había invitado la cena. Despachó a su ayudante (quien, luego de hacer una llamada a alguien a quien llamó «amor», huyó despavorido) y nos condujo a las pizzas de la calle Angostura. Un local con billar, cerveza, música estentórea y decenas de carteles con mujeres en bikini clavados por las paredes. Los chamacos del barrio la considerábamos una sucursal autorizada del edén, pero a mi madre le habría dado un derrame cerebral si hubiera sabido que acudía allí. Los vecinos la conocían como «la fonda de los borrachos».

Carlitos solía contarnos que Max prácticamente vivía allí, y raro era el día que no almorzaba o bebía en el lugar. La mesera, una muchachita de rostro amistoso y redondo, lo trataba sin ninguna clase de distancia.

—¿Otra cosita, Maxi?

Había depositado ante nosotros una pizza grasienta y las cervezas. Max revisó el frasco de la cátsup. Quedó satisfecho.

—Nada. Gracias, Imelda.

Volteó la cabeza para mirar a la chica en cuanto ella se giró. Maples hizo lo mismo. Parecían un dueto de nado sincronizado. Tuve la certeza de que si no me ponía a hacer preguntas de inmediato, nos limitaríamos a tragarnos la pizza sin atender lo importante.

—Qué onda con el padre Novo. Estaba podrido de rabia. ¿Le debes lana?

Era un pretexto cualquiera, un balonazo hacia ninguna parte, pero provocó que a Max se le secara la boca. Se echó media cerveza al gañote antes de responder.

—Peor… Pero vale madres.

Maples parecía en éxtasis con la cerveza, el queso horneado y las musas de los carteles. Tendría que acorralar al puestero yo solo, pensé.

—A güevo pasa algo.

El hermano de nuestro amigo se limó la uña del pulgar con los dientes; la contempló, luego, como si esperara obtener respuestas de ella. Imelda se acercó para ver si algo faltaba, y esta vez nadie le espió las piernas al retirarse.

—Problemas normales… Ondas del negocio.

—Le vendiste porno con viejas en vez de monaguillos —aventuró Maples, de regreso al mundo de los vivos.

Se rio de su propio chiste, al cual Max no respondió. El hermano de nuestro amigo relamió la grasa del queso de sus bigotes y se acarició las puntas de los dientes con la lengua. Sus manos lacias daban una sensación de derrota. Se empujó del asiento hasta quedar en pie, y sacó la cartera del pantalón para extraerle unos billetes y echarlos ante nuestros platos.

—Oigan, no se me pierdan. Y vayan al mercado por las pelis que quieran.

Le sonrió a Imelda y se largó.

—¿Alcanza para otra chela, linda? —preguntó Maples, señalando el dinero con la punta de una rebanada de pizza.

La mesera le guiñó el ojo.

Tres

Pasaron once días sin noticias del espectro. Me había calmado: las rutinas regresan con la mansedumbre del agua y uno se pone a nadar. Sin el nombre de nuestro muerto saltándome del monitor, las noches eran pacíficas y los días de trabajo, seguros y sosos. El teléfono dejó de ser una amenaza. No volví al mercado Comonfort. Maples también olvidó el tema, enfocado en parlotear sobre su búsqueda de una rutina de ejercicios que lo hiciera menos repelente para las chicas, al menos en lo físico. Un sábado, encontré a Gaby en la esquina donde esperábamos el autobús, y ella, concentrada en un libro, no me dirigió la palabra, ni siquiera porque llevaba yo encima la sudadera de Carlitos. En fin: parecía que íbamos a dejar de lado el asunto. Pero las cosas torcidas nunca se resuelven así, tan fácil. La madrugada de un jueves, el teléfono se puso a vibrar. Tardé en notarlo, hundido en un sueño indistinto, y apenas alcancé a estirar la mano cuando el silencio recuperó el poder. Un latido de foco rojo en la pantalla.

Carlitos:

Aquí sigo, List. Ayúdame.

Quisiera decir que salí corriendo en ese mismo instante, pero en realidad me eché las mantas a la cabeza, como si la Muerte recorriera a caballo los andadores y debiera ocultarme de su ojo. Recordé el rostro de Carlitos en el ataúd, el parche con el que le maquillaron el agujero de bala en la frente, sus manos enlazadas sobre el pecho, como las de un faraón. A él lo encontró despierto la Muerte y no hubo forma de que escapara. Y, de pronto, lo entendí. El padre Novo era la razón de que mis indagaciones se hubieran detenido. Mi pánico, y el que le escurría de la cara a Max el día que los encontré en el mercado, se habían alzado como un dique e impedido el paso. Tenía que saber más del cura.

Recurrir a sor María de las Nieves, la tía, fue la mejor idea que se me ocurrió para investigar por qué el padre acosaba a Max. Sonaba facilísimo, pero cualquiera que haya tenido una monja en la familia sabrá que no hay modo de conseguir de ellas más que enseñanzas morales y tamales, y eso si uno supera la edad de los jalones de patilla, los coscorrones y las amenazas de fuego infernal. Sor María de las Nieves estaba postrada desde el accidente. Un chofer somnoliento, en mitad de la carretera a Morelia, «recargó» la caja de un tráiler contra el automóvil de la monja, a cien kilómetros por hora, y la hizo volcar; por si esto fuera poco, se estaba quedando sorda y sospechábamos que su vista no era aguda. Confundía a mi madre con mi hermana, a mi padre con el abuelo y al abuelo conmigo. Como no podía plantarme así nada más en el lugar en que vivía, un caserón adjunto al Alpes Suizos que parecía clínica dental o manicomio, tuve que esperar una oportunidad. La suerte me ayudó. Un sábado, mi madre quería enviarle a la tía unos zapatos usados, que las vecinas habían reunido para el tianguis de caridad del colegio. La escuché discutir con mi padre, que nunca fue un tipo fácil de convencer. Mi madre imploraba que le hiciera el favor de entregar las donaciones y mi padre se resistía. Ambos se echaron en cara sus diferentes ocupaciones como pretexto. Si así pujaban para sacar adelante los acuerdos, pensé, mi concepción y la de mi hermana debieron ser un milagro.

—Yo se los llevo —ofrecí, con esa cara que significa «¿Podemos desayunar en paz?».

A mi padre se le compuso el día y ofreció acercarme en automóvil al Alpes Suizos. Mi madre, que no me miraba con afecto pleno desde que había fracasado en el intento de entrar a la universidad, me dio un beso en la frente que pareció de reconciliación. Debí pedirle a Maples que me acompañara, pero la perspectiva de visitar a mi tía le habría parecido tan cómoda como meterse un guachinango en los calzones. Por otro lado, era muy posible que sor María de las Nieves se mostrara reacia a hablar si le ponía enfrente una cara tan pecadora como la de mi amigo. Me vestí con pantalón de pinzas, una camisa de botones y un suéter que me daban aspecto de acólito. El ajuar apropiado para enfrentar a una monjita. Como si de un designio satánico se tratara, me encontré con Maples al salir de casa. Mi padre llevaba a la espalda la bolsa de zapatos viejos; yo marchaba a su lado.

—Qué guapo —chifló mi amigo, desde su ventana.

A mi padre le dio un oportuno ataque de tos. Puse mi mejor cara de aborrecimiento.

—Vamos con mi tía, la monjita.

—Te traes tamales.

No podía detenerme a explicarle al pendejazo de Maples que la visita era necesaria para la indagación. Por el camino, mi padre sintonizó en la radio una de sus estaciones de siempre y tarareó las obras completas de los Beatles hasta que llegamos al destino. El manicomio, quiero decir, la casa religiosa, lucía en plena actividad. Algunas monjas lavaban las camionetas, otras daban instrucciones a un jardinero que se rascaba la sien, perplejo, ante la petición de darle a un ficus la forma general de san Juan Bautista. Una portera nos interceptó y tuvimos que declararnos parientes de sor María de las Nieves para que nos franqueara el paso. Mi padre se despidió en aquel punto, luego de entregarme la bolsa de los zapatos y burlarse de mi suéter. Una monja rechoncha, simpática, que tendría veinte años, me guio hasta el saloncito de estar. Allí me dejó. Cuando se alejaba, me pregunté qué clase de persona se asilaría en un lugar como aquél, en lugar de buscarse un novio o un empleo.

—Los caminos del Señor son misteriosos —rechinó la voz de sor María de las Nieves.

No es que mi tía leyera la mente, sino que un par de monjas acongojadas le habían avisado de la muerte de un gato en la bodega.

—Pobre animalito, ya está con el Señor.

Dejé caer el bolsón de zapatos en el suelo y las monjas se fueron, como palomas espantadas por el ruido. Sor María de las Nieves hizo girar su silla hacia mí. Me afocó con dificultad. Entrecerraba los ojos, la punta de la lengua le salía por la comisura.

—Soy su sobrino, vine a traer unos zapatos para el tianguis —expliqué.

Su expresión no cambió. Lo mismo le podría haber dicho *«Mene, Mene, Tekel, Uparsin»*.

—Tía, soy su sobrino, vine a…

La monja lanzó un guantazo con la velocidad de un puma y me acertó en la sien derecha. Era la versión devota de un golpe ninja: me tambaleé y tuve que dar unos pasos atrás.

—Ya te escuché.

Sus ojos entornados, de mandarín, se me enterraban en el cerebro. Tenía la boca torcida y le asomaban unos dientes inmensos, de mula, que siempre se le vieron amarillos, aunque fueran postizos y con la obligación de ser blancos.

—¿Cómo están en tu casa? ¿Tu hermana ya tiene novio? Debería cuidarse. ¿Se cuida?

Me mantuve de pie, con las manos colgando a los costados mientras ella giraba en torno mío, con su silla chirriante, revisándome pantalones, zapatos y suéter, a los que daba unos pequeños tirones, para reacomodarlos.

—No lo sé, tía. Nosotros no…

—Eso siempre se sabe. Hasta el olor les cambia. Yo nomás espero que no le vaya a dar una pena a tu mamá, pobrecita.

Logré escapar quince minutos después, sin pronunciar otra palabra más que «adiós». Me precipité a lo que pensaba que era la salida, y debo haberme confundido de pasillo, porque terminé en un patio enorme, con una fuentecita de cantera en medio. Iba a volver sobre mis pasos cuando di con el padre Novo. A su lado iba Gilberto, grande como ropero, quien siguió de largo luego de asestarme una mirada depredadora. Novo se detuvo; sonreía.

—Muchacho, ¿qué andas haciendo?

Expliqué, sin titubear, la historia de los zapatos donados.

—¿Tu mamá te pidió que te vistieras así para no asustar a sor María? Bueno, te acerco a tu rumbo…

De camino al estacionamiento, el cura me revisó el pantaloncito de pinzas y el suéter con el mismo detenimiento que mi tía. Sentía picazón en las palmas de las manos. Algo en mi cabeza decía: «rómpele el hocico». Subimos a su auto, un sedán corriente, sin interés. Ordenó que me pusiera el cinturón. Manejaba con parsimonia y escuchaba la misma estación de radio que mi padre. Ahora sonaban los Stones.

—Algunas personas piensan que estas canciones

son malvadas y habría que prohibirlas. Pero yo digo que toda la música puede ser una celebración del Señor...

Lo imaginé en mitad de un aquelarre de jovencitos en cueros, dando de voces y danzando con, no sé, *death metal* de fondo. La idea daba asco. Por fortuna, el padre Novo no sabía dónde vivía mi familia y se detuvo ante la mole en miniatura del Comonfort.

—¿Te queda bien?

Me retiré el cinturón. Él me puso la mano en la pierna.

—¿Eras muy amigo de Carlos, verdad?

Una náusea se insinuó en mi boca. Así debían sentirse las chicas cuando las tocaban a la fuerza. Al padre se le había agotado el gesto de simpatía.

—Dile a Max que no se me ha olvidado nada.

Bajé del sedán. Arrancó a la velocidad de viejita con que había conducido hasta allí. Max no estaba en el negocio y el ayudante había quedado a cargo. Lo espié desde el local vecino, en donde me senté a beber chocomil: necesitaba reponer fuerzas después del susto. El tío Adán, en chancletas, despeinado e impaciente, revisaba las mesitas de los estrenos. Me reconoció, al parecer, porque pagó a toda prisa y se fue. Salí del mercado; no había nubes a la vista. El sol me deslumbró. En los andadores, unos niños jugaban futbol y dos mujeres conversaban, airadas, sobre el volumen de una televisión. En casa no había nadie. Mi madre dejó un trozo de pan de chocolate sobre la mesa, como premio a mi abnegación filial. Lo comí sin hambre y me dio acidez. No entendía un carajo de lo que pasaba.

Por la tarde fui al jardín del fondo. Gaby estaba sentada en el suelo, con la espalda recargada en un árbol. Revisaba un libro de pastas muy adornadas que ocultó en el bolso, con sobresalto, apenas me notó. Hubiera querido saber qué carajos leía, pero me contuve. Ella vestía de un modo bastante estrafalario para el canon de los andadores, es decir, como diva *sadomaso*: blusa corta, de color negro mate, falda mínima. Se había pintado los ojos de un morado lóbrego y se le veían pesados y duros, y calzaba unas botas con cierres de metal tan voluminosos como los de una mochila. Mi madre le hubiera atribuido más pecados de los que sor María de las Nieves recontaba en sus oraciones. Había visto atuendos así antes, en el metro, el mercado y el Ultramarina. A quienes los usaban los llamábamos *oscuritos*. Gente esquiva, que parecía siempre disfrazada. Nunca pensé que Gaby, tan correcta, fuera así.

—¿Qué haces?

—Leo. Ni me preguntes qué.

No pensaba hacerlo, pero se me avivó la curiosidad. Ella abrazó el bolso, claveteado con broches, como si protegiera el libro de mi hipotética ambición de hurto.

—¿Tus papás no te matan por usar esa ropa?

Se encogió de hombros.

—No les digo.

Me senté a su lado, ella no se movió.

—Aquí platiqué muchas veces con Carlos. Nos prestábamos libros.

—¿Carlos era *oscurito*?

Me miró, divertida.

—Qué poquito lo conocían ustedes, en serio.

—O sea que sí.

—¿No deberías saberlo, si eran tan amigos?

Sentí el comentario como una ofensa.

—Tú tampoco sabes nada de mí y vives a treinta metros —le reproché.

Había subido la voz y callé de golpe. El silencio fue más violento que la voz.

—Es cierto. Pero no quería decir que no fueras amigo de Carlos por no conocer todo de él. Sólo me da risa que no les contara sus cosas.

—«Sus cosas»… ¿Usaba sombras y eso?

—Yo se las guardaba.

—Carajo.

Aquélla me parecía la confesión más rara posible.

—¿Pero… ropas de mujer? —Me preocupé.

La risa de Gaby sacudió el aire.

—¿También te apura si te miraba en la regadera, como al pendejo de Maples?

—Sólo quiero saber quién era.

—Pues Carlos.

Un enjambre de moscos se debatía en torno al alumbrado. Se me terminó la timidez.

—¿Sabes qué tiene que ver el padre Novo con Max?

Ella suspiró, evasiva.

—No sé qué sepas tú.

—Que algo está mal.

—A lo mejor debería hacerte preguntas yo primero.

No me quedaban fuerzas para discutir. Hice algo estúpido, inesperado: metí la mano en su bolso, le arrebaté el libro y eché a correr rumbo a casa. Las largas piernas de Gabriela, estorbadas por el peso de las botas, no la ayudaron a impedirlo.

—¡Idiota! —Oí que gritaba.

No me importó: nunca se habría atrevido a presentarse ante mi señora madre con aquellas ropas de villana de película de terror.

El libro era viejo, con las páginas desmoronadas en las puntas. La portada, vistosa pero también marchita, estaba recubierta de un plástico que se le desprendía como piel abrasada por el sol. M. Grillet era el autor. *Cosette*, el título. Un papelito sobresalía de un borde, apartando el lugar donde Gaby abandonó la lectura. En la primera hoja había trazada una ce mayúscula con punto, la misma que Carlitos usaba para distinguir sus libros de la escuela. Nunca fui un gran lector, pero me apliqué con *Cosette*, página tras página, como si fuera a encontrar allí la clave de lo que sucedía. En el libro, un jovencito noble, de mala salud y poca personalidad, llamado Frederick, se enamoraba de una violenta muchacha de provincia, Cosette. Ambos se gustaban con locura, pero sus temperamentos chocaban: a Frederick le gustaban los jardines y la paz; Cosette quería montar a caballo, combatir con florete y sable y saltar por ventanas hacia casas desconocidas. Total, que habían nacido al revés. Frederick debería haber sido una doncella y Cosette un conquistador. Intercambiaban papeles y comenzaban una serie de encuentros que involucraban cadenas, látigos, guantes de piel y la participación de un sacerdote con una máscara de cabra... Yo había visto en la computadora escenas crudas de todo tipo y ya pocas me escandalizaban. Pero leer aquello, en un lenguaje tan florido y preciso, me produjo una impresión espantosa. Deduje que Carlitos y Gabriela se sentían los nuevos Frederick y Cosette y que, de alguna manera, el padre Novo se las había ingeniado para ataviarse de rumiante. El pasaje señalado por el papelito era horrendo: luego de ser azotados con una vara por la «cabra sagrada», los jóvenes hacían un rito de bodas y se juraban lealtad, entremezclando la sangre que les escurría por los costados. Golpes. Muchos golpes. Mi madre vapuleaba la puerta del cuarto. Su ritmo, cuando estaba furiosa, era inconfundible: una cadencia exasperada que prometía todos los castigos del universo. Guardé el libro para más tarde. Abrí. Era, sí, mi madre. La acompañaban Gabriela, vestida como una señorita, y su progenitor, un gordo con el mismo gesto de dulzura que una orca. Esperaba un debate, pero la fama de muchacha recta de Gaby no dejó margen para la defensa.

—¿Le das el libro? —ordenó mi madre y extendió la mano.

Decidí resistir.

—¿Sabes que es pornográfico, verdad?

La vecina abrió los ojos. Nunca imaginó que fuera a delatarla. Entregué el descascarado volumen a mi madre y ella, sin darle una mirada, lo devolvió.

—Gaby hace reportes de libros para el Alpes Suizos.

Y no creo que tú entiendas de cosas así, porque ni siquiera estás en una escuela...

El gordo se dio media vuelta, luego de dejarme una mirada de asco. Gaby murmuró al oído de mi madre y ella, con una calma desconocida, asintió.

—Sí, mi niña. Por favor. Habla con este chamaco, a ver si entiende un par de cosas sobre la vida...

Ya segura de que estábamos solos, se sentó en el sofá, junto a la cama. La sudadera de Carlitos quedó al alcance de su mano. Gaby la tocó por un instante, pero volvió a abandonarla en el respaldo. Tragué en seco.

—No mames con tus pinches cuentos.

—Tu mamá me tiene en buena estima...

—Pues te creyó la mamada de los reportes.

—Es la verdad.

—Ahora vas a hipnotizarme a mí.

Me miró con sorna.

—Sí hago reportes. En realidad, lo que quieren en el colegio es que lea las novelas de vampiros o magos que piden los niños... Algunas, para ellos, son diabólicas o demasiado... adultas. Así que las sacan de la biblioteca. No me pagan nomás porque todavía les debo horas de servicio por la beca...

—Eres una inquisidora.

—Así conseguíamos libros, Carlos y yo.

La familiaridad con la que me dejaba caer los detalles sobre mi amigo había empezado a irritarme. Decidí que era momento de probar que tampoco lo sabía todo.

Encendí la computadora. Tenía aún los chats de Carlitos y se los mostré, sin referir las circunstancias de su llegada. Quiso hacer preguntas, pero se quedó muda, al final, con expresión de azoro. Narré mi indagación, el rastreo de Javi, las incursiones en el mercado, las escenas de Max con el padre Novo, pero no dije nada de la llave: uno necesita secretos. Gabriela volvió al sillón, su asombro era evidente. Eso me dio unos pocos segundos de satisfacción antes de que me enfrentara.

—¿No estás inventándolo todo?

—Claro que no.

—Si alguien está haciéndose pasar por Carlos, tenemos que encontrarlo.

Contó lo que sabía. Carlitos Villaurrutia no miraba a escondidas a sus compañeros en la regadera, aseguró, pero sus padres estaban convencidos de que tenía tendencias poco ortodoxas y, cada cierto tiempo, registraban su cuarto para encontrar pruebas: libros, revistas, páginas de internet. No hablaron con su hijo en un primer momento, sino que recurrieron a Novo, a quien mi madre recomendó como consejero. El cura se interesó por el caso y pidió conocer a Carlitos. Les propuso unirlo a un grupo de oración. Allí se había encontrado con Gaby, que fungía como encargada de anotar las asistencias. Carlos no era idiota y se dio cuenta de lo que buscaban los suyos enviándolo allí: que la religión lo *curara*. Al principio era arisco, pero conforme pasaron los días fue acercándose a Gabriela, quien no sólo era amistosa, sino que le obsequiaba los libros expulsados del acervo escolar. Mientras Novo se empeñaba en salvar el alma de Carlos, Gaby lo convencía de confiar en sus instintos. Compartían lecturas, citas, referencias. De los libros de vampiros pasaron a la poesía romántica, luego a la música oscura. Con los contactos de Max, podían conseguir la película que fuera, y pronto tuvieron una sólida colección. Cuando se volvieron *oscuritos*, les dio por usar ropas excéntricas. Se disfrazaban en casa de Gaby y salían al jardín oculto a orear sus galas. Calcularon tan bien sus movimientos que nadie, en un barrio de chismosos, los detectó o, en todo caso, se guardó bien de decirlo. En aquel oasis, a espaldas de su vida como comerciante y jugador *amateur*, Carlitos le hizo a Gabriela confesiones que jamás nos hubiera compartido a nosotros.

—¿Y sí le miraba las nalgas a Maples en la regadera?

—¿Te importa?

—Parece que no lo conocíamos.

Gabriela suspiró.

—¿Y eso te jode?

Me molestaban muchas cosas; la principal era que lo hubieran matado, y que, luego de resignarme a su pérdida, hubieran llegado a mis manos aquellos mensajes demenciales.

—Alguien lo está suplantando.

—¿Y si lo descubres, qué vas a hacer?

Era experta en preguntar incomodidades. Me puse en pie. Quería que se largara.

—Siéntate. Hay que pensar —decretó ella.

Pero golpearon a la puerta. Era Raquel: la habían mandado a dar un vistazo y asegurarse de que todo estuviera en orden. Ambas se dieron un frío beso de mejilla, como deportistas rusas. Mi hermana era una gran estudiante, pero su vida giraba en torno al novio y la escuela de contabilidad. Era lo menos parecido a una *oscurita* en el universo entero. Gabriela supo que era hora de irse. Raquel la vio partir con ojos desaprobadores.

La invitación de Max a la calle Angostura nos había incrustado en el cerebro la idea de que ya teníamos el derecho a ir y venir de «la fonda de los borrachos» como si nada. Nuestros amigos del barrio no se atrevían, por la fama del local, pero Maples y yo nos plantamos en una mesa, un viernes por la noche, y ordenamos pizza y cervezas. Imelda debe de haber calculado que le conveníamos como clientes habituales y nos atendió con esmero. Maples y ella se saludaron como viejos amigos y la chica, en vez de reprochar los piropos que dirigió mi vecino a sus *jeans*, los agradeció con risitas. Pero no había llevado al tarado de Maples allí para que ligara. Lo puse al tanto de las novedades. Todo le pareció mal: ¿por qué había subido al automóvil del padre Novo, poniendo mi honra en riesgo?; ¿por qué no había aprovechado la charla con Gabriela, en mi recámara, para besuquearla? Escuchó sin entusiasmo las historias sobre Carlitos y se las arregló para entender que nuestro amigo dedicaba las tardes a vestirse de mujer.

—No dije eso, no seas pendejo.

Se mostró infranqueable.

—Te dije que algo pasaba.

Para alarmarlo aún más, le referí que el ayudante del puesto de los Villaurrutia era el amigo de Adán, con quien lo vimos en el estadio. A Maples casi se le derrama la cerveza.

—Allí pasa algo, cabrón.

Quería meterle en su cabeza de piedra que ése no era el problema, cuando Gabriela apareció por la calle y nos vio en el ventanal de la pizzería. Había recuperado su vestuario *oscurito*, la falda mínima y el maquillaje. Imelda la recibió y le indicó cómo llegar a nuestra mesa. Gaby se sentó al lado de Maples y pidió una cerveza a la mesera, quien sólo levantó una ceja. ¿Celos?

—Siempre había tenido curiosidad de ver cómo era aquí —dijo Gaby, despacio, como si nos relatara un sueño.

Miró las paredes llenas de chicas en bikini.

—¿A eso vienen, a ver culos?

—Por la pizza —replicó Maples.

Nos miró, estudiándonos.

—A ver. No podemos dejar así lo de Carlos.

¿Qué responder? Maples estaba irritable: Imelda no dejaba de mirarnos.

—List, vámonos —rogó.

Pero Gabriela tenía razón: ¿qué clase de amigos no harían nada?

—Carlitos no murió por casualidad. Creo que estaba metido en algo —expuse, para abrir la discusión.

Me miraron con ansia. Saqué la llave del bolsillo y la expuse ante Gabriela.

—¿Sabes qué es esto? Quizá es lo que el padre busca. No la llave: lo que sea que esta chingadera abra.

Gabriela se puso pálida.

—¿De dónde salió?

—De la sudadera.

—¿Y qué abre?

Eso era lo que teníamos que averiguar.

No sabíamos si la llave tenía relación con las apariciones de ultratumba de nuestro amigo; tampoco a qué candado o seguro pertenecía. Las opciones, según acordamos, eran el enrejado del local en el mercado, la gaveta sobre la que reposaba la computadora de Max o, finalmente, un cajón en casa de los Villaurrutia. Maples tuvo la idea más lúcida de la jornada: propuso interrogar al duplicador del barrio, que algo sabría sobre cerraduras. Don Marquitos, fundador y dependiente de Llaves Comonfort, devoraba una orden de tacos dorados cuando aparecimos por su mostrador.

—Nos da dos de esta llave —indiqué.

—Tres —exigió Maples.

—Cuatro —agregó la prudente Gabriela.

El cerrajero resopló como un caballo y, limpiándose los bigotes con el dorso de la manga, tomó la llave y la revisó con ojo técnico.

—Está rota. Tráiganme la buena.

—¿Cómo rota?

—Le falta el último diente. Está raspado porque la siguieron usando ya mal…

—¿Y sirve?

—Díganme ustedes…

Lo que hicimos fue cruzar unas miradas estúpidas. Decidí improvisar:

—Ni sé de qué es. Me la dio mi mamá.

Don Marquitos aprovechó para morder el taco, que crujió como un esqueleto. Volvió a limpiarse el mostacho y dio su dictamen:

—Es la llave de un candadito o un cajón. A lo mejor funciona y todo, pero mejor vean si hay otra.

—Sáquenos las copias, o me regañan.

—Una, nomás, que a lo mejor se amuela.

Pagué el duplicado. Maples se lo quedó. También se embolsó el cambio.

Cuatro

A las dos y quince de una madrugada sonó el celular. Mi sueño era profundo, y al responder, la comunicación ya se había cortado. Una frase brillaba, como un vestigio:

Carlitos:
Urge. En el mercado.

Permanecí en cama, sin moverme, con las tripas congeladas. Pero supe que debía correr y me vestí a tirones, como un loco. Mi abuelo estaba sentado en el sofá de la sala, fumaba con la pierna cruzada; parecía cómodo. Nos miramos. Exhaló el humo. Me encaminé a la puerta.

—La *llamadas* fue tuya —murmuró el viejo.

Nunca decía las cosas tal y como era debido: «buen *días*» en vez de «buenos», o «las *vecina*». Yo no sabía una palabra de alemán, como para culpar a su lengua materna por ello, pero en alguna esquina de la mente de mi abuelo, las eses revoloteaban y se desvanecían. Luego resurgían donde no se les esperaba.

—No haga *ruidos. Dormidos, papá* —advirtió.

Salí a los andadores. Reinaba la madrugada. Eché a correr. La policía ya había arribado al Comonfort. También la ambulancia del servicio forense. Dos testigos, indigentes ambos, hacían gestos ante un oficial, que escuchaba apretando la espalda contra la ventana de la patrulla. No seríamos más de cinco, los curiosos reunidos: la hora resultaba inconveniente para el chisme. Un fotógrafo de prensa destapó el cuerpo, que yacía a bordo de una camilla, para retratarlo ante la indiferencia de los paramédicos. Sentí una punzada en la cabeza al mirar. Era el ayudante de Max. Un manchón de sangre le partía el pecho, pero no había la más mínima duda. Me oculté entre unas cajas rebosantes de fruta fermentada, y volví el estómago. Cuando logré alzar la cabeza, los indigentes, los guardias uniformados y el policía me miraban con repulsión. Luego reanudaron sus explicaciones.

—Oímos los plomazos, jefe. Nada más.

—¿Una voz, un pleito? ¿No vieron a nadie?

—El puro desmadre de los balazos. Mi compa corrió a avisarles a los guardias de la noche, que andaban en los tacos.

Los señalados se sonrojaron. El agente policiaco no pudo evitar una mueca de desaliento. Los paramédicos forcejearon con alguien que pretendía llegar al cuerpo antes de que lo subieran a la ambulancia. Hubo empujones, mentadas de madre. El intruso era Adán. Enfundado en un pijama, desesperado, repartía pisotones y bofetadas para abrirse paso. Al final, lo soltaron y alcanzó la camilla. Volvió a descubrir el cuerpo y se le salió de la boca un quejido. Cayó de rodillas, aferrado a una mano yerta. Le contraía el pecho un llanto sordo, parecido a una convulsión.

—¡Hugo!

Los paramédicos lograron separarlo del muerto y lo dejaron allí. El último lo empujó, incluso, para alcanzar la portezuela de la ambulancia, que cerró de un golpe. Con la torreta de luces encendida, y la sirena en silencio, los forenses abandonaron el lugar. Un policía ayudó a que Adán se incorporara, y se puso a interrogarlo. Atropellado por la velocidad de las circunstancias, Adán dejó en claro que no había visto ni oído nada. Recibió una llamada de la víctima y voló a su encuentro. Tardó casi media hora, vivía lejos y debió rodear avenidas cerradas por obras de pavimentación. Era amigo de la víctima, sí, pero no tenía idea de qué hacía en el mercado a esa hora equívoca. Trabajaba de día. En la llamada no dio ningún indicio de lo que estaba por suceder. Tampoco dijo nada de amenazas previas.

—Seguro pescó a unos ladrones y algo salió mal —concluyó el agente.

Se fue a sondear a los guardias privados, que estaban cruzados de brazos, con los pies bien firmes en el suelo manchado de sangre.

Adán me pidió que buscara a Javi. No podía manejar así, explicó. Lo dejé, conmocionado, y me alejé unos pasos.

Cinco, seis timbres después, mi amigo respondió. Eran las tres de la mañana.

—¿Qué pasa, pinche loco?

—Estoy con tu tío en el mercado, por mi casa. Mataron a su cuate ese, el del estadio, él se puso mal. Quiere que vengas.

Javi repetía «puta madre» a cada momento. Dijo que salir a esa hora era difícil, pero vería qué hacer. En algún punto, colgó. Adán escondía la cara en las rodillas y se abandonaba al sollozo. Los policías terminaron con sus cuestionarios y, antes de largarse, avisaron que el cuerpo de Hugo permanecería en el depósito municipal hasta nuevo aviso. Los guardias privados se retiraron, murmurantes, hacia el interior del mercado, como era su deber, y aseguraron el portón. Apenas la tropa de uniformados salió de vista, Adán saltó, frenético, y procedió a insultarlos a todos. Los llamó perros, hijos de puta, fascistas, desgraciados. Los indigentes, apostados en la acera, junto a unos contenedores de basura, nos miraban con sorna. Pasó un largo rato antes de que un taxi, con Javi en el asiento del copiloto, alcanzara las cercanías del Comonfort. Lo descubrí en el horizonte, a punto de dar vuelta por donde no era, y corrí a hacerle señas al conductor. En el automóvil también viajaba Gina, con cabello recogido y una chamarra de cuero abrigándola. Los hermanos descendieron con rapidez y se abrazaron de Adán mientras el automóvil de alquiler se marchaba. Javi se apoderó de las llaves de la camioneta y guio a bordo a su tío. Se hizo cargo del volante. Gina y yo nos subimos atrás. Nos alejamos del Comonfort y, tras franquear una sucesión de colonias oscuras, alcanzamos la zona residencial de los O'Gorman. Adán abrió la boca, casi al final de la travesía, para pedir que nos detuviéramos en una farmacia. Necesitaba calmantes. Javi lo acompañó adentro del local: no contaban con receta médica alguna y alguien debía encargarse de sobornar al dependiente. Me di cuenta de que nunca en la vida había estado solo con Gina, ni por un minuto, hasta ese instante. Ella, muy quieta, analizaba la pantalla de su celular.

—¿Qué fue lo que pasó? —preguntó, en voz baja.

Conté la verdad: había llegado al Comonfort cuando la policía ya estaba allí. Apareció Adán, perdió el control, llamé a Javi siguiendo sus instrucciones.

Hizo un gesto de comprensión.

—¿Por qué fuiste?

Referí sin grandes detalles el tema de los chats y confesé que había visto al difunto algunas veces, aunque nunca hablé con él. Era el auxiliar de Max y el amigo de Adán, pero apenas esa noche supe que se llamaba Hugo. Me miró de reojo.

—Qué raro, todo —se contentó con decir.

—Pues ya sabemos quién mandaba los putos mensajitos —concluyó Javi, apoltronado en la sala de estar de su mansión.

Seis estantes colosales, del suelo al techo, llenaban la pared del fondo. No había un solo libro en ellos: estaban repletos de adornos de cerámica y cristal, y fotos de su familia, tan guapa que lucía bien hasta en los retratos casuales.

—Ese pobre cabrón. ¿Hugo? Quién lo hubiera pensado.

A mí me ardía la cabeza.

—Y para qué. O qué carajos buscaba... —me lamenté.

Javi esbozó una mueca de resignación.

—Yo creo que ya no vamos a saber. Trataré de hablar con Adán. Aunque es probable que no tenga idea. Le dan sus enamoramientos y nunca conoce a la gente...

La perspectiva de que aquélla fuera la solución resultaba deprimente. ¿Tantas vueltas al mercado, tanto pensar en los secretos de Carlitos, la llave sin diente, la vida oculta, para que todo se limitara a la incomprensible campaña de troleo de un empleado?

—No me parece que el muerto fuera de los que maman así.

Javi iba a la moda: la camisa pegada al cuerpo, los pantalones flojos y las patillas encrespadas como pelaje animal. Percibí cierta indiferencia de su parte.

—No hay modo de saber por qué lo hacía, pero todo lo señala, cabrón: los mensajes salieron del mercado. Te llamó esta misma noche. Fuiste. Lo habían matado. Fin.

—Es que no me parece ni medio normal —protesté.

Era incapaz de zafarme de esa perplejidad pero, a la vez, me sentía exaltado. La muerte, en la juventud, no es el asunto amargo en que la convierten los años. Es un escalofrío que aterra, sí, pero también vigoriza: hay un placer horrendo en seguir vivo y caminar junto al río helado sin congelarse. Gina se había ido a dormir; Javi trajo café de la cocina. Aventuramos toda clase de hipótesis. Le narré las escenas de los últimos días y a él pareció entusiasmarlo la posibilidad de que el padre Novo estuviera involucrado.

—Es una familia de putos criminales, la suya. Desde el tal Pablito hasta el tío. Que los arresten.

—¿Cómo fue que te agarraste a golpes con el sobrino? —lo interrogué.

—Molestó a Gina. Le bajó los calzones en el colegio. Así de pendejo. Por eso le partí el hocico.

Bebió un trago de café para remachar el punto. Volví a casa en el primer autobús de la mañana. El abuelo ya estaba en su sofá, miraba el noticiero. Giró la cabeza al escuchar el sonido de la chapa.

—Aún duermen, los *papá*.

—Qué bien.

—*Tuestas* pan. *Tuestas* café —me instruyó.

Lo miré por un segundo, como para mandarlo al demonio, pero él sonreía, con esa mueca de gitano mal rasurado tan suya. Obedecí. Cuando los demás despertaron, nos encontraron desayunando birote con mantequilla y café endulzado. Levantaron las cejas.

—Déjame esa sudadera para lavar —pidió mi madre—. Ya se para sola. La usas todos los días.

Prometí que la pondría en el cesto de la ropa sucia. Me limpié la boca y llevé el plato al lavadero. No era fin de semana y la Gran Papelería Unión esperaba mi asistencia.

Me había quedado sin plan de acción. Y si las llamadas y chats del fantasma iban a terminar de ese modo abrupto, lo mejor era dejar todo por la paz: eso pensé. Ya no tenía ganas de indagar en las oscuridades del mercado o en las del padre Novo y familia. Carlitos estaba muerto y nada iba a remediarlo. Saqué la llave del fondo de la sudadera. Miré el trozo de metal a contraluz, sosteniéndolo contra la ventana. Rayada con letra insegura, apenas visible en la mugre, había una palabra: «Local». Lo que fuera que se guardaba, pues, estaba en el Comonfort. Y había costado la vida de Hugo, quizá. Dormí un par de horas, con sueños intranquilos en los que un teléfono no dejaba de taladrarme el oído. Maples llegó quince minutos tarde al trabajo y el gerente le gruñó durante otros quince, antes de destinarlo a una jornada de castigo en la bodega del sótano. A pesar del regaño, mi vecino me sonrió al pasar, misterioso, y dio unos golpecitos en su mochila. No tenía idea de lo que pensaría comunicarme con su mímica; lo seguí con la vista hasta que desapareció, escaleras abajo. Me habría ido tras él, si no hubieran aparecido en aquel momento unas escolares ociosas, que me obligaron a mostrarles todas las carpetas ilustradas disponibles hasta que decidieron que ninguna les interesaba y se largaron. Nadie podía relevarme y debí permanecer tras el mostrador, aplastado en mi banquito, hora tras hora. Revisé el celular. Nada allí, tampoco en mis redes. Al parecer, la muerte de Hugo había matado también al Carlitos cibernético y zombi y no sabía si aliviarme o enloquecer por ello. Llegó el momento de la comida sin que consiguiera desocuparme y

Maples, al fin, subió de las profundidades, con la mochila al hombro. Tenía planes muy concretos.

—¿Sabes en qué tienda trabaja Gabriela?

—A esta hora anda en la universidad.

Mi amigo bufó y se llamó al silencio. Nada dijo durante el trayecto a los tacos de canasta que comíamos todos los días, y encargó su alimento y bebida con unas palabras cortas como monedazos.

—Cinco. De asada. Una coca.

Algo había descubierto, me dije, y quería mostrarse ante nosotros como un genio de la investigación policial. Me pareció patético y se lo dije. Él me ignoró. Estaba instalado en un cinismo exasperante desde el asesinato de Hugo. Volvimos a la Gran Papelería Unión a tiempo para enfrentar la ola de niños que exigía ayuda con la tarea y no volvimos a cruzarnos sino a la hora de salir. Esperé a que hubieran apagado las máquinas de cobro y echado los candados principales antes de confesarle que no tenía idea de dónde trabajaba nuestra vecina. Maples, frustrado, me dio un puñetazo en el hombro y caminó a grandes zancadas por los pasillos del Ultramarina, buscándola como un zorro. Hubo suerte. Nos topamos con Gabriela en pocos minutos. Muy arreglada, de faldita y tacones, bajaba por las escaleras eléctricas desde las galerías superiores. Maples se detuvo a esperarla como quien aguarda la llegada de la primavera. A Gaby se le amargó el día en cuanto nos vio.

—¿Me esperan a mí?

—Tengo la clave —soltó mi amigo, con una expresión de victoria que parecía ensayada.

Gabriela parpadeó, incrédula.

—¿Qué encontraron?

—No tengo idea —acepté—. Fue él.

Maples se dirigió a la zona de los comederos. Los locales del Ultramarina estaban por cerrar, excepto los que esperaban la salida del cine nocturno para venderles churros y café a los desvelados. Fue sencillo dar con una mesa libre.

—Esto va a ser una pinche bomba.

Vació el contenido de la mochila. Aparecieron unos calcetines, que guardó de inmediato; también unos discos piratas guardados en estuches.

—Cuando sacamos la copia de la llave, pensé que Carlitos no iba a tener algo que le importara en la escuela. O en su casa. Quedaba el Comonfort. Y fui allí hace dos noches.

Me amargué. Había leído la palabra «mercado» en la llave original, pero no fui capaz de actuar. Maples resultó más arrojado y, además, tuvo la fortuna de presentarse en el lugar un día antes del asesinato de Hugo. Su relato consistió en un encadenamiento de intuiciones triunfales: entró al mercado por la noche, a la hora del cierre, y los guardias estaban, para variar, en los tacos. Se dirigió al puesto de los Villaurrutia, saltó la reja y probó la llave en la gaveta. Tuvo que forcejear, porque a la llave le faltaba un diente, pero, tras unos segundos, el cajón cedió. Adentro halló facturas sin importancia, y unos discos, distintos a los otros del puesto, que le parecieron atractivos: tenían, rayadas a plumón en la superficie, unas calaveras similares al símbolo de peligro con que se advierte un riesgo de muerte junto a una instalación eléctrica o de gas. Se los guardó. Volvió a cerrar todo y salió del mercado sin voltear atrás.

—Estoy muy cabrón. —Se engrandeció.

—Vámonos a mi casa —les dije—. No podemos ver esto aquí.

Maples metió el primero de los discos en el lector de mi computadora. Lo hizo con lentitud, como un mago que prepara su acto. Nos amontonamos frente al monitor. Yo tenía la boca seca, la lengua pegada al paladar. Gabriela se mordía el labio. En la pantalla corrió un video y, demudados, contemplamos cómo se reproducían varias secuencias de una pornografía extraña y atemorizante, actuadas por enmascarados. Pensé en los personajes de *Cosette* y miré de reojo a Gaby, pero ella ni siquiera parpadeó. Parecían tomas viejas, del siglo pasado. El último disco era distinto. Contenía una película casera. Maples le dio al botón de *play* y sobrevino el infierno. Chavitos. Desnudos. Se tocaban y peor… Espantoso, todo. Allí salía Carlitos, abrazado de alguien. Gabriela se tapó la boca con las manos, los ojos dolorosamente abiertos. Sentí que el alma se me inundaba de hiel. Me cayó encima una culpa inclemente, como si nuestro amigo hubiera terminado metido en aquella situación de mierda por una falta de atención mía, o lo hubieran empujado al abismo por desentenderme de él. Maples detuvo la película, desviaba la mirada. No supo qué decir. Volvió a guardar el material en la mochila.

Gabriela apretaba los puños. Fui el primero en reaccionar.

—Hay que llamar a Javi.

Nos instalamos en el rincón del local de la calle Angostura. Nuestro amigo llegó enseguida, o estábamos tan alterados por lo que habíamos visto que el tiempo se nos fue sin sentir. Javi parecía ansioso por enterarse de las novedades. Su tío Adán estaba medio catatónico desde la muerte de Hugo y nadie había podido sacarle una palabra coherente, dijo. Le pedimos unas cervezas a Imelda, quien nos lanzaba miradas de extrañeza: debíamos vernos muy abatidos. Gabriela hizo un mohín de molestia al probar el alcohol, pero no dejó de beberlo. Yo me pasé el mío como agua. Javi llevaba consigo una pequeña computadora y revisó el disco que le entregó Maples. En segundos, transitó de la risa nerviosa al horror. Al final, dio un manotazo y cerró la máquina.

—Ese pendejo. Cómo no iba a estar metido, el hijo de puta…

Perplejos, esperamos una explicación. Javi se bebió media cerveza antes de proporcionarla.

—Pablito. El sobrino del padre Novo. Con el que me agarré a golpes hace años. El pendejo sale allí, es el que está con su amigo…

Volvió a la máquina y batalló contra el programa hasta dar con el momento en cuestión. Lo congeló y volvió la pantalla, para mostrárnoslo. Un fotograma de Carlitos, sin camisa, pecho flaco y hundido. Y, en primer plano, su sonrisa tibia. A su lado, abrazándolo, sin ropa, un tipo de cabello ensortijado.

—Pablito Novo.

Gabriela resopló con rabia y se empujó el resto de la cerveza.

—¿Qué carajo hacemos?

Me atreví a tomar el primer pedazo de pizza de la noche. Lo devoré en segundos; quería hablar antes de que otro lo hiciera.

—Dicen que fueron unos tipos de la Tabacalera los que mataron a Carlitos. Y ellos venden estas… cosas.

—A lo mejor querían el video y por eso se armó la balacera —razonó Gabriela, con los dientes apretados.

—Y no se olviden de Pablito Novo —se limitó a recordar Javi.

Ni siquiera se nos ocurrió acudir a las autoridades. En nuestra experiencia, todos los policías eran unos culeros y unos vagos, estaban vendidos al crimen, y no podíamos confiar en ellos. A Javi lo habían parado en el automóvil de su padre más de una vez, con cualquier excusa, y tuvo que dar todo lo que llevaba en la cartera para que no lo arrestaran. A Maples y a mí nos detuvieron en las calles cercanas a los andadores por llevar el cabello demasiado largo o corto, la ropa rota o una lata de refresco en la mano. A Gabriela le chiflaron mil veces desde las patrullas.

—Que se jodan —opinó Maples, a quien le había

regresado el hambre y engullía la tercera rebanada de pizza de la noche.

—Hay que avisarle a Max —repuso Gaby.

—Seguro sabe —deduje—. Le mataron al hermano y al chalán. Ni modo que piense que fueron los extraterrestres.

¿Sabía Max que su hermano protagonizaba videos y se revolcaba con Pablito Novo y no hizo nada al respecto? No me parecía propio de él, pero tampoco podía decir que lo conociera a fondo. Desde siempre, trató a Carlitos a empujones y patadas en el culo, y lo llamaba putito, tarado, güevón. Su historia ya era sórdida mucho antes de que se volviera sangrienta. Javi tenía en mente otra ruta: propuso localizar a Pablito y sacarle las explicaciones a golpes. Gabriela, luego de cierta vacilación, opinó que lo mejor sería presentarse ante el padre Novo. A Maples se le atragantó el bocado.

—Ese cabrón debe estar enteradísimo. No dudo que fuera el productor ejecutivo. ¡Son pinches curas! ¿No ves las noticias? Les encantan los chavitos…

La reunión terminó en medio de un desacuerdo total. Javi hizo una última advertencia: tener en la mano aquellos archivos incriminadores era un riesgo. Aquella mierda era ilegal a todas luces, la mitad de los participantes debían ser menores, y podríamos terminar embarrados si a alguna autoridad se le ocurría intervenir.

—Ésa será bronca de ustedes. Yo voy a negar todo. —Maples se comió la última rebanada mientras Javi lo miraba con desprecio.

Nuestro amigo se pasó los dedos por las patillas y se despidió con una inclinación de copete, sin ofrecerse a acercarnos en su automóvil. Volvimos a casa aturdidos, las manos en los bolsillos y expresiones poco amistosas en las caras. Gabriela iba adelante; Maples, siguiendo su serpenteo. Los andadores hervían de actividad: niños, con pelotas a medio inflar, ganaban partidos heroicos de los que nadie más tendría noticia; mujeres, cargadas de años, se refrescaban en los quicios de sus puertas; maridos con una cerveza en la mano se asomaban al interior de motores incapaces de un último esfuerzo. En aquel escenario habíamos nacido, crecido y visto morir a Carlitos. Alcanzamos el jardín del fondo. Nos sentamos a la orilla de unas macetas de piedra. El aire olía a abono químico y veneno para hormigas.

—No podemos hacer nada —consideré.

—La policía nomás le salvaría el culo a los Novo —terció Maples—. Hay que mandar la historia a los periódicos o la tele.

—¿Y los periodistas son mejores? —Se estremeció Gaby—. No creo.

Nunca fui de los que leen periódicos, aunque a veces no quedaba más remedio que escuchar la radio en casa, porque mi madre era una adicta. Y el abuelo no se perdía un noticiero de televisión. La cerveza me había secado la boca. Caminé a casa y me fui a la cama. Cerré los ojos. Carlitos, sin camisa, la sonrisa apagada. Carlitos, la cabeza rota por el disparo. Los inexplicables mensajes. La llave que cargué por semanas, sin entender su uso. Dormí con la ropa puesta, antes de que me despertara un timbre. Otro telefonazo. Otro brinco de estómago. Era Gina: gritaba.

—¿No está Javi contigo? Salió de casa y dijo que te vería. Pero no responde el celular ni ha llegado, y mis padres andan de viaje y están vueltos locos.

Le dije que hacía horas que su hermano se había marchado de la pizzería, a bordo de su automóvil.

—A lo mejor fue con Adán.

—Adán está aquí.

—No debe tardar —dije, con esperanza.

Pero las horas pasaron y Javi no apareció.

Cinco

Aquel día necesitaba con urgencia copiarle unos trabajos a Carlitos. Se acercaba el final de la preparatoria y mis posibilidades de aprobar dibujo industrial eran modestas. Le debía al profesor Morquecho quince láminas y un listado de conceptos que debería haber compilado en octubre y seguía faltándome en mayo. Me presenté en casa de los Villaurrutia. El patriarca estaba aplastado frente a la tele; lo arrullaban las repeticiones del futbol. La madre me indicó el camino a la recámara de mi amigo. La escuché tranquilizar a su esposo.

—No pasa nada. Es el hijo de los vecinos.

Carlitos mantenía un orden maniático entre sus pertenencias. Cada libro ocupaba un espacio alfabético en el estante; cada disco, un sitio según su género; cada calcetín dormía anudado, con su pareja, en el cajón. Entre la puerta y la ventana, ningún objeto parecía fuera de lugar, excepto Carlitos mismo, que entró en toalla, con el cabello goteando y los pies metidos en chanclas de playa. Ofrecí salirme, y hubiera querido hacerlo, pero Carlos gruñó y pidió que esperara, se puso calzones y el pantalón, y se sentó en una sillita para secarse el cabello. Su piel era un mapamundi de lastimaduras: tenía arañazos a lo largo del pecho y la espalda, surcos similares a las líneas punteadas que indican cómo recortar un dibujo. Maples no habría tardado ni medio segundo en interrogarlo. Y yo mismo debí intentarlo pero, aquella tarde, no me pareció que fuera asunto mío. Él se puso una camiseta; yo hice el mejor esfuerzo por olvidar el tema. Cuando estuvo presentable, expliqué mi idea: si me facilitaba sus dibujos y el listado de conceptos dichoso, podría copiarlo todo y mis posibilidades de graduarme aumentarían. Carlitos estuvo de acuerdo y me regaló además unos bocetos sobrantes, a los que él había renunciado por cualquier error minúsculo, y que a mí, francamente, me resolvían la vida. Le agradecí, pero él, con la toalla en la cabeza y aún sin zapatos, no pareció escuchar. ¿Por dónde vagaría su mente? Era un misterio. No: Carlitos no era como nosotros, aunque fuera uno de los nuestros. Lo conocía desde siempre, lo había visto correr por los andadores como a cualquier vecino chamagoso. Quizá era más deliberado y pensativo que el resto. Estaba por irme, con esa urgencia que nos transmite la incomodidad, cuando se incorporó, pálido y arañado. Hurgó en la mochila y me entregó dos cuadernos más. Eran sus notas, las medidas de los dibujos y apuntes suficientes para alcanzar mi calificación de aprobado. Sus padres me vieron marcharme sin parpadear. Ya en casa, revisé los apuntes: impecables, con letra redonda y clara, tan distinta a mis borrones. Ningún profesor habría creído que eran míos. Del forro de uno de los cuadernos, al jalarlo, emergió el recorte de una revista. El retrato de un tipo desnudo, con expresión de sorpresa, fingida o real. Me da risa recordarlo, ahora, pero aquel día lo hice migas. Y no dije en voz alta lo que se me pasaba por la cabeza, pero vaya que lo pensé.

Adán se sirvió un trago doble o triple: exagerado, eso sí. Yo no estaba en condiciones de calcular, pero seguro era más de medio vaso de whisky sin hielo. Lo bebió a sorbos, con gestos de niño pasándose una medicina nauseabunda. Le vibraba un párpado. Volvió a pedir que narráramos lo ocurrido: la desaparición de Javi, la falta de respuesta en su celular y el desasosiego de sus padres, que lo creían de farra. Gina, crispada, respondía con monosílabos a los intentos de Adán por conversar.

—No entiendo cómo dejaste ir a Javi así nada más, sin acompañarlo al auto —clamó el tío, furioso.

Se atragantó otra vez. Gina me dirigió una mirada suplicante, como si yo pudiera conseguir, con un juego de manos, o cualquier ocurrencia suprema, que su hermano brotara de los aires. De reojo, vi una lucecita brillar en mi teléfono. Publicidad. Las odiaba: aparecía sin ser solicitada y lanzaba sus piedras contra mi ventana sin posibilidad de rechazo. Mientras más inútil, menos capaz era de ignorarla. Cayó un mensaje de Maples: tardía respuesta a otro, mío, de horas atrás.

Maples:
¿Desapareció el fresita? En la madre.

Pero llegó uno peor, del teléfono de Carlitos y, al leerlo, sentí un golpe en los testículos, señal inequívoca de que todo se lo estaba cargando el carajo.

Carlitos:
Lo tienen en la Tabacalera.

¿Cómo chingados iba a saber nada Carlos, si estaba más muerto que mi abuela? ¿Cómo putas madres estaba enterado de que Javi andaba en aquel sitio en concreto? La Tabacalera, el barrio que poblaba las pesadillas de mis vecinos, consistía en cien manzanas horrendas; calles rebosantes de agujeros, perros bravos, atmósfera funeraria. Explorar allí sería más infructuoso que llamar a la policía. Y vaya que eso no había servido: Gina, en un momento de debilidad, tecleó el número de emergencias. Le dijeron que Javi no podía ser declarado desaparecido sino hasta que no pasara setenta y dos horas sin dar señales. Faltaban más de sesenta, pues, para que pudiéramos llenar los formatos de búsqueda. Las chicharras crepitaban en el jardín. En mitad de la enésima discusión entre los O'Gorman, le respondí al espectro.

List:

Dime dónde lo tienen.

El aparato trepidó.

Carlitos:

En el peor lugar. El Bosque, se llama. Pregunta…

¿Preguntar a quién? Gina, en su propio teléfono, tranquilizaba a su madre. Había optado por darle cuerda a la idea de que Javi andaba de juerga y que, finalmente, volvería. Adán se mordía los labios. Si El Bosque era un lugar insólito, parecía razonable indagar con la persona más peculiar de los alrededores.

—Adán… No quiero que te ofendas… Acaban de mandarme un mensaje. Dicen que Javier está en la Tabacalera. En El Bosque. ¿Conoces ese sitio?

Me miró con espanto. Era pálido, y ahora se veía casi transparente. Un ramillete de arterias azules le abultaba la sien.

—Yo no… Yo… ¿Quién putas dice eso? ¿El Bosque? Carajo.

No me convenía entrar en una charla al respecto de un espíritu, y preferí omitir el detalle de que el remitente era uno, sí, y chocarrero. O, al menos, alguien que fingía muy bien.

—Si Javier está en problemas, tenemos que ir.

Gina nos miraba con desconfianza, como si tramáramos algo de lo que estuviera fatalmente apartada. Adán se estrujaba las manos.

—Vaya... Conozco el lugar... Pero no sé... ¿Por qué estaría allí? ¿Quién te dijo?

Sobre la mesa del café, incrustada de malaquita y digna de una casa señorial, reposaban las llaves de su camioneta. Se las arrojé.

—Tú manejas.

Gina se cansó de preguntar a dónde íbamos y guardó un silencio digno. Se había dejado caer al respaldo del asiento trasero con una mirada que cualquiera debería temer como a la peste. La espiaba en el retrovisor, mientras Adán conducía, indeciso sobre la ruta a seguir. En otro momento, convivir tanto con ella me habría puesto eufórico. Pero ahora, pensé, era mejor no hacerse ilusiones.

—Creo que... Aquí debe ser.

Habíamos dejado atrás pasos a desnivel, ejes viales y avenidas de medio pelo y, luego de atravesar un túnel alumbrado por neones, alcanzamos la colonia Tabacalera. Nos paramos ante un local con muros de ladrillo y una gran marquesina luminosa. «Bar Bosque. Madura Variedad». En pocas palabras, Adán nos expuso que se trataba de uno de esos sitios en donde se reunían los borrachos que migraban de otros establecimientos a medida que éstos cerraban las puertas.

—Un *after*—aclaró Gina.

Pero *after* era un nombre demasiado fino para algo que se asemejaba a los filtros que colocaban a los lavaderos para que la grasa no taponara las tuberías. Luego de deslizarle unos billetes al cadenero, cruzamos el umbral. La música, una mezcla de cumbia y zumbido de lavadoras, nos ensordeció. Adán tuvo la decencia de sonrojarse. Las luces eran rojas, parpadeantes, un poco demoniacas. Mandé otro mensaje al inframundo.

List:
Ya estamos. Ahora qué.

Adán susurró una apurada lección de sociología: en el Bar Bosque (Madura Variedad) la asistencia se dividía en tres grupos: oficinistas alcoholizados, borrachitos con apariencia de bandidos y verdaderos pillos, que no estaban ebrios en absoluto y se aprovechaban de los demás, cobrándoles por bailar, sacándoles tragos o vendiéndoles bolsitas de una sustancia que acabarían de raspar a la pared. Tragamos mucha saliva. Un sujeto con la cara cruzada por un tajo se acercó y, sin mayores explicaciones, nos ofreció dos mil pesos. Tardamos unos segundos en comprender que era el precio por llevarse a bailar a Gina. La increpada lo insultó con tanta convicción que el tipo de la cicatriz se fue. Mi teléfono, de nuevo.

Carlitos:
Armen un alboroto. Entra al baño y cuando la gente salga, ve a la puerta de las escobas. La última.

Estaba aterrado: por el local, la clientela, Gina, las pasiones que levantaba. Comuniqué a Adán las instrucciones del fantasma y le rogué que organizara el escándalo solicitado. Nosotros, ocultos entre el gentío, recobraríamos a Javi de su prisión en los baños. El pobre de Adán reaccionó con desamparo, se sujetó la cabeza. ¿Qué puede hacer un tipo feo, cuarentón, deprimido, para que los asistentes de un bar volteen a verlo? Pero no era hora de dudas. Tomé a Gina por el talle y ella, entre dientes, reclamó:

—Qué chingados haces…

La conduje al fondo del local.

—Para que no nos hagan caso, lo mejor es fingirnos pareja.

La besé. Gina me golpeó el hombro, inconforme, pero no hizo esfuerzos por alejarse. La encargada, sin duda, había visto cosas peores que unos chamaquitos listos colándose juntos al baño: tomó sin remilgos los pesos que ofrecí por su ceguera voluntaria y hasta nos entregó un paquete de servilletas.

—Qué pasa —musitó Gina, apenas nos introdujimos al penúltimo de los gabinetes, sin hacer caso a los tipos que orinaban, inhalaban sustancias o se besaban entre el espejo, los mingitorios y la barra de lavabos.

—Sigo instrucciones.

—¿De los secuestradores?

Volví a besarla para no aceptar que estábamos allí por las conjeturas de un espíritu. Ella lo aceptó y siguió la comedia, aunque ya nadie podía vernos. Una música inaudita comenzó a resonar en el sistema de sonido del Bar Bosque (Madura Variedad): una ópera, estruendosa, solemne, sustituyó a la charanga electrónica y cumbanchera. Las bocinas se estremecían y los chiflidos y quejas de los asistentes se multiplicaron. Espiábamos la escena desde las ranuras de nuestro escondite. Los usuarios del baño intercambiaron comentarios de asombro y emputamiento severo ante el bullicio. Y acabaron por irse. Emergimos del gabinete, entonces, y corrimos a la puerta de las escobas señalada en los chats. Como se nos había indicado, era la última de toda la habitación. Estrecha y mohosa, daba paso a un cuartito sofocado, profundo. Nos asaltó un agudo olor a jabón y trapeadores. Al fondo, hecho ovillo, con una venda sobre los ojos y cinta plástica en la boca, estaba Javi. Una granada de adrenalina me estalló en la columna. Gina gimió. Arrancamos las cuerdas y vendas de Javi como pudimos, y mi amigo, con las patillas alborotadas, nos miró al fin con alivio, como un alma a los ángeles que la libraran del fuego eterno. La cuidadora de los baños volteaba a otra parte cuando pasamos. La ópera aún resonaba, atronadora, y un grupo de parroquianos pugnaba por abrir la puerta de la cabina del DJ, que estaba obstruida. Logramos escurrirnos a la calle sin que nadie reparara en nuestra huida. Adán esperaba en su camioneta, con la boca sangrante y un aire anémico, pero ver libre a su sobrino lo hizo revivir. Se le llenaron los ojos de lágrimas. Nos abrazamos, los O'Gorman y yo, en una confusión de codos y orejas. Javi escupía, cada tanto, pedacitos de la goma que le habían quedado en la boca, luego de horas amordazado. Aún podíamos oír los gorgoritos de un tenor, a la distancia. Adán puso en marcha la camioneta y desandamos el camino: túnel fosforescente, paso a desnivel, avenidas.

—Mi coche está por casa de List —informó Javi, apenas pudo soltar una frase coherente.

Dimos tres o cuatro vueltas prohibidas y nos acercamos sin mayor problema a los andadores. El vehículo permanecía en una esquina, debajo de un árbol, con la portezuela entreabierta. Tuve una punzada de orgullo al descubrir que mis vecinos no lo habían desvalijado. Quizá ninguno de los posibles ladrones había sido tan observador como para notarlo allí, a merced de quien pasara. Gina se ofreció a conducir el automóvil de Javi para dar oportunidad a que recobrara el resuello. La acompañé. Seguimos a la camioneta de Adán, que circulaba, parsimoniosa, como si encabezara un desfile. Transcurrieron diez minutos, quizá. En la pausa de un semáforo rojo, ella se giró y me dio una bofetada. Luego pegó un arrancón que me proyectó contra la ventanilla. Me di en la nariz. No volvimos a detenernos hasta que llegamos ante el portón de su casa. Los hermanos O'Gorman se perdieron dentro de su residencia, sin invitarme a pasar ni despedirse siquiera. Adán, que había aguardado nuevas instrucciones en la camioneta, suspiró.

—Ven. Te llevo a tu casa.

Habíamos vencido, sí, pero aquello no se sentía como un triunfo.

—¿Pero tu amigo está muerto?

No me entusiasmaba el rumbo que había tomado

la plática, aunque era verdad que los chats del fantasma que usurpaba el nombre de Carlitos habían dado la clave para encontrar a Javi en el lugar más inaudito posible.

—No sé explicarlo. Ya ni siquiera trato. Pero él, o quien tome su lugar, me dijo dónde estaba y cómo sacarlo. Lo raro fue cómo lograste hacer tanto desmadre tú. La ópera…

Adán se llevó la mano a la boca ultrajada y se tocó la herida. Hizo un mohín de dolor. Compartíamos, creo, la sensación de ser unos héroes mal pagados. La bofetada de Gina me ardía en el ánimo. A él, nadie le había dado las gracias.

—Agarré al DJ distraído y lo encerré en el cuartito junto a la cabina. Me partió el hocico, sí, pero pude con él: pinche chamaco desnutrido. Puse el volumen al máximo y atoré la puerta con la alfombra y un ganchito. Se volvieron pinches locos con la ópera, ¿viste? Fue como echarles ácido a unos changos. Y mira que les puse *Turandot*.

Entonó un aria con ímpetus de profesional. Nos habíamos estacionado en el lindero de los andadores. Ya le había referido, a grandes rasgos, la vida y muerte de Carlitos, sus chats y los fenómenos que habían desatado. Una línea roja en el horizonte anunciaba el amanecer.

—¿Cómo era él? —preguntó Adán, justo antes de que bajara de su camioneta.

Saqué el teléfono. Tenía una foto. Adán miró con pena el rostro tristón de Carlitos. Luego se marchó. Los pájaros, con sus mínimas alertas, anunciaban mi paso.

Entré a casa con toda la precaución de la que fui capaz. La luz del televisor alumbraba el rostro dormido de mi abuelo. Flaco, sin rasurar, y tan viejo que dolía pensarlo. Me senté a su lado. En la pantalla, una japonesa hacía evoluciones en un trapecio. El viejo no se había percatado de que estaba con él. Le revolví el cabello de la coronilla, como solía hacer conmigo, de pequeño. Despertó sin sobresalto. Puso una sonrisa de lobo. Se desperezó y, silbando, se dirigió a la cocina. Oí el repiqueteo de cristal de la cafetera.

—Buen *días* —dijo, con su voz de otro tiempo.

—Hola.

—Muy *tardes* —señaló, el dedo apuntado al reloj vienés en la pared.

—Un poco, sí.

—*¿Razones?*

No sabía si contarle una versión dulce de la historia, o, sencillamente, no decir nada claro, al mejor estilo de la familia.

—Rescaté a un amigo de unos pillos.

—¿Sí? —Se le notaba poco impresionado.

Nunca, en casa, se tomó en serio lo que alguien hiciera para destacar. Ya se tratara de un emperador, presidente, artista, científico o buzo, se creía que los logros eran producto de trampas. Despreciábamos a quienes luchaban por los reflectores.

—Y besé a su hermana.

—*Muchos* mejor, eso.

El líquido era amargo y delicioso. Me llevé la taza a la recámara. Brindé conmigo mismo con un sorbo de café.

Seis

Conversar con Maples era como debatir con un panal de abejas ruidosas y tercas. Escuchó mi relato, intercalando, ante cada giro, uno de dos comentarios: o «pinche List, estás bien pendejo» o «no seas mamón». Con el primero, abarcaba mis intentos por contactarlo a deshoras y mis vacilaciones para responder el mensaje del Carlitos fantasma y dirigirme al Bar Bosque. Con el segundo, se entusiasmó por mis besos a la hermana de Javi y por el rescate del secuestrado. Pero Maples no dejaba de ser él mismo. Aseguró que habría resuelto la situación antes que nosotros y luego hubiera convencido a Gina de practicar una serie de guarradas para las que aún no existía nombre. A la caída de la tarde, nos encontramos a Gabriela en su retiro habitual en el jardín. Fue menos altanera que Maples, pero casi igual de molesta. Me obligó a repetir varias veces lo sucedido. Tuve que mostrarle el teléfono, conducirla al punto en el que raptaron a Javi y escenificar pasajes del operativo.

Maples no dejaba de repetirme, cada tanto, lo pendejo que era. Al fin, luego de justificar el bofetón, Gaby se sentó al borde de la banqueta.

—Es peor de lo que había pensado.

No supe qué contestar. Mi vida se había vuelto impredecible y su juicio, aunque exacto, no ofrecía ninguna luz.

—Al principio, pensé que alguien te hacía una broma. Ya sabes: un idiota como éste. —Señaló al vecino—. Pero esto es muy grave. Hay que poner una denuncia. Ir con la policía. No voy a dormir si alguien utiliza el nombre de Carlos para hacer chingaderas.

—¿La policía? —estalló Maples—. No mames. ¿Qué van a hacer? Estoy seguro de que esto es cosa de unos pinches lacras y que están de acuerdo con ellos. Porque esos chats no los manda un fantasma.

Un Maples así de articulado, superando su naturaleza neandertal, era un espectáculo más extraño que Carlitos enviando señas desde el más allá.

—Cuando llegaron los primeros recados, eran peticiones de ayuda. Como si el pinche Carlitos fuera el ánima del mercado. Pero, de pronto, se le fueron las ganas de ser rescatado. Ve que secuestran al fresa de Javi, sigue a los malos al bar… ¿y se pone a dar aviso y hasta planea la fuga? Son putas mentiras.

No era un análisis irrebatible, pero resultaba muy lúcido, si consideramos que provenía de alguien que, por lo general, era menos agudo que un balón. Caminamos a la pizzería. Imelda nos recibió con una simple inclinación de cabeza y a Maples le sacó la lengua con una familiaridad que me pareció desconcertante. Ella se contoneaba; él se puso rojo.

—Lo que dice el idiota es verdad —reconoció Gabriela—. Un espíritu con celular es una mamada.

Yo no estaba tan convencido.

—El secuestro de Javi fue real. Y las indicaciones lo salvaron.

Sorbimos la cerveza. El panorama era deprimente.

—Tenemos que conseguir más información —silbó Gaby, mordiéndose las uñas impolutas.

Una sombra se proyectó sobre nuestra mesa en ese instante preciso. Era el padre Novo. Su ayudante vestía sotana y alzacuello y se encontraba, como de costumbre, varios pasos atrás.

—Muchachos. Qué bueno que los encuentro juntos. Me urge hablar con ustedes.

Se le veía avejentado. Manojos de canas le colonizaban las sienes y unas arrugas profundas se le marcaban alrededor de la boca. Hizo una seña al asistente para que esperara afuera y, sin ser invitado, ocupó la silla vacía de nuestra mesa. Imelda se apresuró a colocarle un menú junto a las manos, que el cura pasó por alto.

—Vengo a decirles algo serio, muchachos. Hay un problema en el que estoy metido por culpa de personas que conocen… Y que involucra, por desgracia, a su amigo Carlos.

Maples estaba más blanco que una sábana. Gabriela parecía haberse quedado muda. Fui el único que se atrevió a hablar.

—¿Nosotros somos el problema? —pregunté, con un resto de voz.

Novo se persignó cuidadosamente.

—No, por Dios. Quiero su ayuda.

La historia del padre Novo

Pablo, mi sobrino, vino a verme hace un año. Apareció en mi despacho una tarde, en camiseta, con el cabello alborotado. Nunca, y lamento decirlo, fue mi hermano Gustavo capaz de poner orden en la vida de ese muchacho. ¿Qué edad tienen ustedes ahora? ¿Dieciocho? ¿Diecinueve? Esos mismos tiene él. Todo lo bueno y noble que fue mi hermano lo sacó Pablo de conflictivo, de malsano. Era una amenaza en la escuela. Rara era la semana que no terminaba en mi despacho, rodeado de profesores, padres, compañeros, que clamaban por sus acciones. La única virtud que fue capaz de encontrarle la madre María de las Nieves fue la limpieza. Pero era tan limpio que le molestaba el sudor de los demás. Y repartía insultos por ello. Comprenderán que la labor de contener y guiar a ese muchacho no era simple. Porque sus defectos eran considerables: era maligno, pese a que sus padres se lo dieron todo. En fin. Mi hermano enfermó de cáncer y se fue en poquitos meses. La madre de Pablo quedó deshecha, y su soledad y dolor se trocaron en una feísima enfermedad: el alcoholismo. Lo material lo tenían resuelto. Heredaron propiedades y unas cuentas bancarias muy robustas. Pero, sin su padre, Pablito empeoró.

Su comportamiento, siempre incorrecto, pasó a ser atroz. Pronto supimos de borracheras, broncas, drogas... En fin, aquella tarde se presentó en mi despacho. El padre Gilberto, que era su confesor, más en teoría que otra cosa, lo hizo pasar. Pablito sorbió la nariz.

—Hay un problema, tío.

Eso dijo y luego se calló la boca, sonriendo. Contuvimos la respiración.

—Me hice de un amigo. Un novio. El chavo me gusta, nos llevamos bien. Me pidió grabarnos cogiendo, me dijo que le gustaba. Así que nos vimos en un hotel y usamos una cámara. Porno duro. Me pareció divertido y volvimos a hacerlo. Luego, me dijo la verdad: era para venderlo. Iban a pagárselo bien. Me dijo que ya había hecho grabaciones con otros chavos. No sé cómo los convenció. No tuve nada que ver. Son chavos del Alpes, de prepa, la mayoría. Debí detenerlo o algo, pero no sé... Me apendejé. Hay como quince personas ahí metidas. Y si sale el video, van a ver mi cara, además de lo otro, jaja. Mi amigo dice que ya hay clientes. Él y su jefe, porque tiene un jefe, van a venderles a unos mayoristas ese video y ahí sale todo: los alumnos y nosotros. No me importa lo que me pase, pero creo que va a estallar el asunto en el colegio. Y quería avisarte...

Imaginarán el horror que me provocó su historia, que también se reflejaba en el rostro del padre Gilberto. No sólo por enterarme de ese modo de las andanzas de alguien de mi sangre, sino porque había traído el mal a nuestra casa, a sembrarlo y cosecharlo entre niños a mi cuidado. Lo de menos es que cierren el colegio, o nos caigan demandas como las que se han visto en otros países. No: lo peor será enfrentarme a esos padres y esos chiquillos, encomendados a mi guía... No estoy orgulloso, pero perdí el control. Arrastré a Pablo a la capilla y lo forcé a postrarse de hinojos ante el Cristo y confesar su culpa a gritos, mientras le pateaba las costillas. Mi primera decisión fue actuar de inmediato y conminé a Pablito a que citara a su amigo. Ya que de ambos había sido la idea de prostituir mi escuela, debían darme explicaciones. Me comuniqué con la licenciada Campobello, la abogada del colegio. Expliqué lo desesperado de nuestra situación y solicité que preparara la defensa legal. Ella procuró tranquilizarme. Grabamos, bajo su dirección, un video en el que Pablito lavaba de responsabilidades al colegio y a cada uno de sus integrantes. Veo que me miran con desconfianza, incluso tú, Gabriela. No lo hagan. No soy un hombre perfecto, pero el Señor ha querido que sea yo quien cuide de esta comunidad. Si el colegio desapareciera, no cambiaría la raíz del problema. No desesperen: ya llego a la parte que los involucra. Pablito volvió a mi despacho al día siguiente. A su lado estaba Carlos Villaurrutia, flaco y triste. Quiso explicarse: todo lo hacía por dinero... Su hermano Max tenía un puesto en el mercado y había problemas... Un escalofrío me atenazó. Conocía a la familia. Incluso había invitado a Carlos a uno de nuestros grupos de jóvenes, tiempo atrás...

—No le diga a mi hermano que vine, padre. Porque me mata.

Eso dijo, justo antes de romper en llanto. Mi sobrino lo abrazó. Era asombroso el poder que Carlitos parecía tener sobre él. Estuve a punto de enternecerme. Pero la evidencia de sus errores los condenaba. La estabilidad de no sé cuántas familias del colegio y la institución misma dependía de cómo resolviéramos aquello.

—Lo siento. Hablaré con tu hermano y ya él sabrá si le dice algo a tus padres. No me dejan opción.

Carlos bajó la cabeza. Con ayuda de Gilberto, grabamos otro video, en el que su amigo se culpaba de lo sucedido y deslindaba al colegio. Fui a buscar a Max al día siguiente. Estoy seguro de que se le rompió el corazón al oírme. Se comprometió a darle vuelta a la ciudad para encontrar y destruir el video. Le advertí que me encargaría de vigilarlo hasta que la tarea quedara cumplida... Pero, a los pocos días, supe que habían matado a Carlitos. El horror nos alcanzó.

Siete

Maples tuvo la presencia de ánimo suficiente como para pedirse un *calzone* de papa y piña. Los demás escuchamos la historia del padre con paciencia pero también con rabia. Gabriela levantó la mano, como alumna aplicada. El cura le cedió la palabra.

—De Pablito queríamos hablarle. ¿Qué fue de él?

El padre tenía la boca seca por la perorata. Bebió un poco de agua y miró con reproche a Maples, que se engullía el *calzone* a grandes bocados.

—Lleva tiempo en el extranjero. Se puso mal cuando ocurrió lo de Carlitos. Pasó un tiempo en un campo cristiano, en Alabama, pero escapó. Y su madre le da dinero, pero no nos ayuda a localizarlo.

Maples eructó; Novo dio un respingo minúsculo.

—No ha estallado el escándalo.

—Aún no. Max juró por lo más sagrado que descubriría al jefe de esa mafia antes de que salga a la venta el video maldito. Sin embargo, mientras no lo destruya, hay peligro.

Necesitaba intervenir y poner sobre la mesa un par de cosas que estaban quemándome la lengua. Me aclaré la garganta.

—No creo que Carlos se metiera solo en esto. Las reputaciones de sus alumnos nos valen verga. Esos pinches niños están vivos y Carlos no.

El padre torció la boca, ofendido. Las autoridades no suelen ser capaces de comprender sus límites. Los encaminadores de almas están muy acostumbrados a hacer las preguntas, pero son torpes para responderlas.

—Carlos mismo aceptó su culpa en un video…

—En su pinche grabación obligatoria. Pero no hay pruebas de que anduviera cazando chavitos. Sólo las cosas que dijo su sobrino…

Gabriela me miraba con una expresión que casi se podría describir como respeto. A Maples, la cerveza y el *calzone* le dieron ánimos para replicar.

—A nuestro amigo le gustaban los cabrones. Ya sabemos. Eso no lo hace un pinche delincuente. Si se metió con su sobrino, allá él. Pero no le creemos un carajo si lo quieren embarrar en algo chueco.

Novo se desesperaba. Pidió más agua. Sacó de su suéter un teléfono y lo revisó. Se caló los lentes y se puso a teclear. Luego nos encaró. Su actitud había cambiado.

—¿Ustedes saben que el ayudante de Max fue asesinado? Sí. Lo saben. Pues tengo motivos para suponer que él podría ser el responsable de todo. Si me ayudan a probar eso, el nombre de Carlitos se limpia… No soy nadie para juzgar, muchachos, sólo necesito que me ayuden. Si no, tendré que ir con la policía. Y quizá terminen averiguando cosas peores.

La mano de Gabriela volvió a levantarse; me fastidiaba que, incluso en aquel extremo terrible, conservara sus modales de colegiala entrenada por monjas.

—Disculpe, padre, pero tiene que explicarnos mejor qué clase de ayuda. No se vale que venga a hablarnos de Carlos o del otro muerto sin decirnos qué pruebas tiene.

Supongo que aquello era lo más firme que podía comportarse sin sentir que traicionaba al colegio que la había becado. Acomodada en la barra, Imelda no se perdía detalle de la charla. El cura lo había notado.

—¿Me trae un refresco, señorita?

La mesera dio un brinco al ser interpelada. Surtió el pedido de inmediato, con sonrisa cándida. Hasta le sacó la lengua a mi amigo.

—¿La conocen? —preguntó el cura.

Siguió sus movimientos hasta que se alejó.

—Nos la presentó Max, que es clientazo de acá —confesó mi amigo.

El cura se persignó.

—Quiera Dios que no haya oído nada o no lo divulgue. Tendré que pedirle al padre Gilberto que platique con ella.

Resopló como haría alguien a quien se le siguieran acumulando tareas, pese a que sus responsabilidades fueran ya excesivas. Pero aún le quedaba cuerda.

—Sabemos que existe el video, pero no quién lo tiene. Lo principal es destruirlo. Quizá Carlos dejó con ustedes algo que pudiera ayudar.

Gabriela y Maples voltearon a verme. Intenté permanecer sereno. Novo me escrutaba con la mirada.

—Nunca oí hablar de los pinches videos hasta ahora. Estábamos muy distanciados de Carlitos.

El cura infló las mejillas y soltó el aire con pura frustración.

—¿Max no les ha dicho nada?

—No.

Nos contempló con aire meditabundo, uno a uno, como si fuera a elegir al más débil para chuparle la sangre.

—Lamento si los ofendí. Estén atentos y no duden en acudir conmigo si saben algo.

No le respondimos. Dejó suficiente dinero en la mesa para liquidar la cuenta. Antes de salir, se detuvo frente la pared del fondo, que estaba cuajada con cartelones de chicas sonrientes y doradas por el sol. Sacudió la cabeza, volvió a persignarse y se marchó.

Lo primero que hice, en cuanto desapareció de la vista, fue pegarle un sorbo a mi cerveza. Éramos muchachitos del montón, quizá, pero con un amigo con más secretos que una estrella de Hollywood. Las historias de Novo me habían sorprendido, pero algo bueno salió de ellas: siempre pensé que Carlitos había sido infeliz. Pero si tanto se quería con el idiota del sobrino, al menos había conseguido pasar algunas buenas tardes. Gabriela se limpió la cara con la servilleta; descubrí que había llorado. Maples exterminaba su cerveza. En el teléfono resplandecía un nuevo chat.

Carlitos:

Cuidado con él.

Había sido enviado a la hora que Novo entraba a la pizzería. La sorpresa me agarrotó las tripas.

List:

¿Lo que dijo Novo es cierto?

Carlitos:

Para él.

Me irritaba recibir mensajes instantáneos de un espectro y guardé el aparato. Una duda se abrió paso en mi cerebro: no entendía que la grabación más buscada de la historia hubiera permanecido en el cajoncito de Hugo así, como si nada; que Maples hubiera podido sustraerla era una prueba de que su escondite, en un cajón ante el que desfilaban decenas cada día, era ingenioso, pero vulnerable.

—Oye, cabrón. Abriste ese cajón con tu copia de la llave.

—Sí.

—¿Tuviste alguna bronca?

—¿Bronca? No mames. Fue un pedo. Tres veces se quedó atorada. A la cuarta, le agarré la maña.

—O a la cuarta, la cerradura barata cedió —insinuó Gabriela.

Maples no iba a permitir que su triunfo fuera puesto en cuestión.

—Claro que no. Porque volví a cerrar el cajón, ¿recuerdan?

—Nadie te va a quitar la estrellita de la frente, güey. Pero por qué el video estaba allí, tan a la mano. ¿Hugo era el mero jefe de todo?

—No tengo idea.

Quedaba medio *calzone* aún, que Maples envolvió en servilletas y se metió a la chamarra. Justo cuando salíamos de la pizzería, Max hizo su aparición, más flaco y agotado que de costumbre, con los bigotes tiesos. Intentó abrazarnos y se puso simpático. Le hizo un chiste a Gabriela sobre su faldita. Ella sonrió con gelidez.

—Pues bueno, chavos, luego no anden diciendo que el Max no cotorrea. Cuídense.

Era una frase banal, pero que me sonó amenazante. Había caído la noche y un viento frío se escupía en nuestras caras. No había novedades en el celular. Quizá Carlos, en el cielo o el infierno donde estuviera, ya estaba tan harto de hablar conmigo como yo con él. Ya que tenía el aparatejo a la mano, marqué el número de Javi. Respondió Gina.

—¿List? No puede contestar, está con mis papás. Pero dejó dicho que vengas mañana a la casa, si puedes.

Sus padres le habían castigado el automóvil, me confesó la chica. La confianza en su voz me puso de buenas.

Le aseguré que estaría allí al siguiente día, al salir del trabajo.

—Mejor por la tarde. No creo que mis papás lo dejen invitar gente a comer, después de lo que pasó. Y eso que no saben nada: creen que se fue de borracho.

—Invítame tú.

Su risa era prodigiosa.

—No quieres que mis padres te pregunten mil pendejadas. Ven por la tarde.

Gabriela me miraba como si acabara de darse cuenta de que no era yo el espantajo que se pensaba. Me encogí de hombros, como habría hecho mi abuelo. Caminamos a nuestros viejos andadores.

La radio de uno de los pasajeros del metro nos machacaba con una vieja canción: «*La última noche que pasé contigo... Quisiera olvidarla pero no he podido...*». Maples mascaba chicle con ritmo de taladro neumático y yo me recriminaba por haber aceptado su compañía. Se suponía que iría solo a casa de los O'Gorman. Se suponía que mis intentos por ganarme la amistad de Gina no terminarían a merced de las ocurrencias de mi vecino. Pero Maples era parte de aquello y había pedido escoltarme «por seguridad». No fui capaz de negárselo. Durante la caminata que precedió nuestra llegada al reino de Javi, reflexioné sobre las confesiones del padre Novo. Se había lavado las manos, y quiso convencernos de las culpabilidades de Hugo y Carlitos, y hasta de su sobrino, pero no tenía nada sólido. En realidad, había sido más vago que un adivino de horóscopos. Me di por vencido. ¿Qué se suponía que hiciéramos? Al menos, me dije, el cura ignoraba las manifestaciones del Carlitos fantasma. Quise creer que eso nos daba alguna ventaja. Pulsé el timbre de casa de los O'Gorman. Una voz metálica dio las buenas tardes y, dos segundos después, un chirrido indicó que el portón se abriría. Cruzamos los corredores llenos de plantas. La alberca reflejaba los arbustos del jardincito. Un ave negra, no sé si un cuervo de verdad o uno de esos feos zanates que atiborraban el otoño, echó a volar. La habitación de Javi me resultó sofocante. No habían encendido el aire acondicionado. Mi amigo, con gesto de extenuación, se distraía ante una pantalla. Jugaba con su consola japonesa. De Gina no había el menor rastro.

—Espérenme un momento, no puedo salirme así nada más. Los de mi clan me colgarían por los güevos.

Maples bufó, como cada vez que Javi pronunciaba una palabra que le parecía ridícula.

—Qué putas se supone que es un «clan».

—El grupo de cabrones con quienes juego. Retamos a otros. O nos retan. Y hoy nos están partiendo la madre unos chinos. En cosa de diez minutos los atiendo.

Nos instalamos en las sillas de invitados. Creí notar una vibración en mi teléfono. Pero no: nada. El espectro había pasado horas en silencio, como si meditara. Sobre la mesilla de noche había una fotografía. El padre de Javi era un tipo rubio, con un aire idiota que debería ser camuflaje, pues decían que era un tigre para los negocios. La madre poseía la belleza de las millonarias, esa que se sostiene con ejercicios, dietas y masajes. Javi y Gina parecían más pequeños, aunque la imagen no debería tener más de dos o tres años. Los nenes crecieron. Gina, sobre todo. Sí, señor. Como si la hubiera conjurado, se asomó por la puerta corrediza. Sonrió al verme. Tenía el cabello recogido en una coleta muy sencilla. Pero a Maples le habría dado lo mismo que viniera forrada como un esquimal: igual se quedó con la boca abierta.

—No me digan que está jugando —se burló ella, señalando a su hermano.

—Con su clan —aclaré—. Unos chinos están partiéndole la madre.

—Eso dice cuando pierde. Pero la verdad es que juega contra unos tipos de Tecate.

Javi maldecía a los santos, la madre de Cristo y al papa.

—Ya. Ya valió. Puta madre. Nos chingaron de nuevo.

—¿Los de Tecate? —Lo irritó Gina.

Su hermano hizo el gesto de ira acumulada de quien ha sostenido quinientas veces la misma discusión.

—¿Cuál Tecate? Son chinos. De Cantón o así. Hablan entre ellos con sus signos. ¿Por qué no nos traes unas cocas?

Gina, desde luego, no le hizo el menor caso y se sentó en la alfombra, junto a mis pies. Si su cadera se hubiera movido cinco centímetros más… Maples interrumpió mi ensueño.

—Cuéntanos, pues, lo del secuestro, pinche fresa. ¿Te sacaron la pistola? ¿O de plano el fierro?

Mi vecino consideraba los albures como una relevante distinción cultural entre nosotros, los del barrio, y los güeros de las colonias residenciales. Javier guardó su equipo en una caja acolchada, que depositó en su armario. De regreso a su silla, le dio un zape a Maples, que no se lo esperaba.

—Cállese, perro. Está en una casa decente.

Los ojos de mi vecino brillaron con odio primordial. Me sentí obligado a calmarlos.

—No mamen. Vinimos por cosas importantes.

Gina se abrazó las rodillas. Me miraba. Me sentí un poco grotesco, como si cualquier gesto de pacificación o sensatez de aquel momento en adelante fuera sólo un modo de exhibirme como un tipo maduro y confiable. Un superhéroe. Todo lo que no era ni podría ser.

—Cuéntanos, pues.

Javier habló. Había estacionado el automóvil a la vuelta de mi casa. Alguien llegó por atrás y lo golpeó. Cayó al suelo y dos tipos aprovecharon para ponerle un costal en la cabeza. Cuadras adelante, quién sabe cuántas, le metieron un par de puñetazos en la boca, para ablandarlo. Llegaron a un sitio que no pudo ver y allí le quitaron el costal, y lo amordazaron con cinta, le amarraron los pies, le vendaron los ojos. Se ahogaba. Pensó en su familia, pensó que si lo mataban nunca darían con su cadáver. Lo arrojaron a un espacio estrecho, en el que no podía estirar las piernas.

—Pues cómo. Era el pinche cuartito de las escobas —dijo Maples, que no había estado presente, pero actuaba con toda la arrogancia de quien creía entender la historia mejor que el protagonista.

—¿Ninguno te dijo nada? ¿No oíste alguna otra cosa?

Javi, por toda respuesta, levantó el teléfono.

—¿Señora? ¿Le pide a Jenny que nos traiga unas cocas para los muchachos? Muy amable.

Volteó a vernos como si paladeara el instante.

—¿No quieren una coquita?

Gina se removió en la alfombra.

—Ya diles, Javier. No seas mamón.

Oírla maldecir le hizo ganar otro millón de puntos en mi estima. Quería invitarla a salir, besarla. Pero ni siquiera me atrevía a estirar el pie hasta su cadera. Javi esperó a que la empleada nos sirviera los refrescos. Cuando salió de la habitación, se dispuso a hablar.

—Sí, oí algo. Uno de ellos hizo una llamada. Dijo esto: «Tenemos a un güey. Dice que no sabe nada del Max. A dónde lo llevamos». Usaban un pinche radio. Escuché claramente la voz del tipo con el que hablaban, que dijo: «¿Están en El Bosque? Ahí déjenlo. Mañana los veo». No era una pinche voz de malandro, como la de Maples. Era una voz educada.

—Como la de tu pinche madre —respondió el rencoroso de mi vecino.

—No. Como la de un padre.

—¿Novo?

Javi tardó una eternidad en responder, como si recapitulara la escena en la cabeza.

—No, no creo que fuera él. Era la voz del otro, del padre Gilberto.

Gina se recargó en mi pierna, provocándome un temblor que me llegó hasta la raíz del pelo. Relaté nuestro encuentro del día anterior con Novo y sus revelaciones. Los O'Gorman parecían muy asustados.

—Si ese pinche video sale, el colegio se hunde —balbuceó Javi.

Maples saltó antes de que nadie pudiera evitarlo.

—¿Y eso qué vergas importa? Cuando nomás se trataba de nuestro amigo encuerado, no había pedo. Pero si los pendejos del video son del colegio, se preocupan. ¿Pero qué les va a pasar? ¿Sus papás van a saber que tienen verga? A Carlitos lo mataron...

Aunque sentía lo mismo que mi amigo, que se cruzó de brazos con su cigarro robado en los labios, me contuve.

—No se trata de si resolvemos el pinche caso. Ni que fuéramos la Patrulla Adolescente. Queremos encontrar al culpable y chingarlo. Eso es todo.

En ese momento, la madre de nuestros amigos entró por la puerta, junto con la empleada y la habitual bandejita con helados y botana que ofrecía a las visitas.

—Buenas tardes, muchachos. Gracias por venir a ver a este niño, que ya le hacen falta amigos que no se lo lleven a sus fiestitas... ¿Ya les contó que el otro día llegó después del amanecer? Lo trajo su tío Adán, que quién sabe de qué lugar espantoso fue a sacarlo...

Maples aprovechó la situación para joder.

—No se preocupe. Ya nos dijeron que Javito anda perdido. Nos pasa a todos.

La señora O'Gorman, con la típica incapacidad de los ricos para captar ironías, se sonrió. Apenas dejamos de oír sus tacones, Javi le bufó a Maples. Intenté poner orden en el desmadre.

—No sabemos quién va a hacer la venta. Novo tampoco. Max anda con el culo en la mano. Y Pablito Novo está fuera del país. No hay modo de saber si…

Gina me interrumpió.

—Pablito no está fuera. Al menos la semana pasada andaba acá. Lo vi en Plaza Latino. Fui con una amiga a ver ropa y Pablito estaba en la tienda de música con otro tipo, un gordo grandote.

Era joven, hermosa, irrepetible, aunque fuera a La Latino, un *mall* lejano y lleno de tiendas caras que ni yo ni nadie de mi sangre habíamos pisado jamás. Seguro que el Ultramarina, que para mí era la cumbre de la elegancia, a ella le parecía un tianguis.

—Vamos a buscar al tal Pablito, a ver qué sabe —propuso Maples, tronándose los dedos como mafioso de película.

Gina consiguió permiso de su madre para llevarnos al metro, porque Javi seguía castigado. Mientras ella se alistaba, y ya que Maples estaba en el baño, aliviando la vejiga, Javi y yo deambulamos junto a la alberca. Bajo el manto de estrellas que perforaba el esmog, reconocí el lucero de la tarde. Mi abuelo me enseñó a distinguirlo: Venus, la Diosa del Amor. La primera estrella en aparecer. Y la primera en irse.

—¿Gina te dijo cómo te encontramos?

Mi amigo suspiró.

—Me dijo que recibiste unos chats de Carlitos, rarísimos, como si lo viera todo.

—Sí.

Se reía.

—¿Sabes qué descubrí? Que el supuesto Carlitos renovó su celular. Puedes verlo en la web de la compañía. Es fácil romper la contraseña. El número de los mensajes ya tiene plan contratado. Puedo creer que un muerto hable, neta. Pero no que contrate un plan de doscientos minutos de internet.

Todo salió mal en el trayecto. Maples me ganó el asiento del copiloto, obligándome a ir atrás, y se dedicó a devorar las piernas a Gina con los ojos. Ella me miraba por el retrovisor, suplicante. Estaba incómoda, pero aún me sonreía. Se despidió llamándome por mi nombre. A Maples lo ignoró. Cuando nos quedamos solos, a treinta metros de la boca del metro, Maples cometió la marranada de burlarse de mi frustración. Y confesó que me había desplazado del asiento junto a Gina a propósito. ¿Por qué? Nomás por cabrón. Le pareció divertido joderme, porque creía que Gina me prestaba demasiada atención.

—Esa güera va a pegarte la humillada de tu vida. Mejor bájate de ese tren.

Me puse furioso y recurrí a una bajeza peor que la suya. En el trayecto del metro, en un vagón que iba casi vacío a esa hora, decidí compartir con el vecino uno de mis secretos más oscuros.

—¿Sabes que vi a tu mamá encuerada?

Maples no era un tipo sensible. Creció huérfano de padre, con una madre amargada y una tía solterona que lo maleducaron. Nunca fue un estudiante promisorio, ni un futbolista decoroso, ni un buen empleado. Acostumbrado a que la vida le estampara toda clase de chingaderas en la cara, sólo atinó a poner una mueca de desprecio ante mi confidencia.

—No seas puerco, pinche List. Puerco y mentiroso.

Pero yo estaba decidido a devolverle el golpe con intereses.

—Las ventanas de tu casa dan a la mía. Piensa en el pasillo del andador. Tu cuarto es el de la esquina. El que da al mío es el de tu mamá.

Vaciló. Era claro que estaba proyectándose mapas en el cerebro, triangulando coordenadas.

—¿Y qué? Hay cortinas.

—No las cierra. ¿Las has visto cerradas? Nadie usa ese pasillo. Y los niños no juegan ahí porque tu madre los regaña.

Me miró sin entender, pero sin contradecirme.

—¿Ya te convenciste?

—Estás bien pendejo, pinche List —resopló.

Su coraza cedía.

—Es cierto.

Habíamos sido amigos desde el jardín de niños o antes, pero eso no impidió que Maples me clavara el puño en medio de la cara. El golpe fue tan decisivo y repentino que me mandó al suelo. Caí junto a los pies de un viejito somnoliento, que por poco no se murió del susto. Saltaron varias risas alrededor. Un hilo de sangre bajó de mi labio al pecho. El metro se detuvo. Maples, sin mirarme, salió del vagón. No era la estación que nos correspondía, pero esa noche prefirió caminar.

Ocho

No sabía cuál era la ventana de la recámara de Gabriela. Tuve que adivinar. Vivía en el andador paralelo al mío, al otro lado de un estacionamiento. Su casa era idéntica a las demás, pero las pretensiones de su familia quedaban claras: pintura nueva, macetas con plantas exóticas, un mosaico con una diminuta reproducción de una gaviota al vuelo al lado del timbre. Dos de las ventanas daban al pasillo: una con cortinaje liso y otra más con florecitas. Golpeé el vidrio de la que no tenía figuras. Ella tardó cinco segundos en asomar, sorprendida. Me hizo señas de que la esperara. Poco después salió. Caminamos en silencio hasta los pinches y eternos jardines del fondo.

—La última vez que golpearon en mi ventana fue Carlos. Antes de que lo mataran —contó.

Miramos los arbustos, la hierba parda, la luna casi tapada por las nubes. El aire olía a nuestro barrio: gasolina, cebollas, aceite. No era un buen aroma, pero la gente lo pasaba por alto.

La puse al tanto de la pelea con Maples, mi interés por Gina, mi temor de que todo acabara mal. Gabriela se recargó en un muro. Su gesto era piadoso.

—Está de la chingada que le digas a alguien que viste a su madre… así. Pero la neta, me da risa. Pinche Maples, se lo gana.

Soltó una risita, que no acompañé porque no estaba de humor. Seguía encabronado, pero la culpa me carcomía.

—No lo veo así. O no sé. No entiendo nada.

Gaby no se había maquillado. Era notable cómo cambiaba de personalidad según el contexto: la universitaria, la vendedora guapa, la *oscurita*…

—Ojalá Carlos hubiera sido tan pendejo como tú y hubiera venido a contarme sus verdaderos problemas. Quizá hubiera podido ayudarlo.

Su mirada era indescifrable: ternura o pena. Incluso sin sus ropas oscuras, parecía peligrosa. Como si fuera a morderte el cuello.

—¿Y si descubres la verdad? —susurró.

—Depende cuál sea.

—¿Sabes que esto ya no se trata de Carlos?

Sólo los grillos respondieron. Me levanté.

—Vamos a buscar a Pablo Novo.

—Muy bien. Hay que preguntarle muchas cosas.

A punto de llegar a casa, una sombra saltó desde la oscuridad. Me empujó contra la pared y puso una mano sobre mi garganta. «Ahora es conmigo», pensé. Pero no. Sólo una estación intermedia. Maples sonreía, triunfal.

—Vine a ver si tus pendejadas eran ciertas. Y descubrí que no.

Me arrastró al sendero que dividía nuestras casas, justo bajo mi pared. Señaló al lado contrario.

—Esta ventana era de mi mamá, sí. Pero hace años, mi madre y mi tía cambiaron de cuarto. Éste es más chico y mi mamá tiene mucha ropa. Mi tía se instaló aquí. Viste a mi tía. Provecho.

Estaba en éxtasis. Ante mi silencio, se dio la vuelta, para largarse, pero lo detuve.

—Oye, cabrón…

Maples se giró.

—Disculpa. Neta.

Él dijo que sí con la cabeza y se fue. Entré a casa con un alivio casi físico. Cené algo, fingí escuchar a mis padres hablar del trabajo y quejarse de la televisión, ignoré las quejas de mi hermana. Al final, besé en la frente a mi abuelo, que escuchaba valses viejos en su recámara. Si algún día bailo con una chica, pensé, será con una tan bella como las damas vienesas de sus recuerdos.

El celular no mostraba novedad alguna. Lo apagué; no quería que nada arruinara mi paz. Vaya idea. Acababa de apoyar la cabeza en la almohada cuando un grito resonó en la noche. Un sonido de pánico. Corrí como pude, a trompicones, con los tenis resbalando sobre el mosaico. Mi familia estaba en pie, desconcertada. El abuelo parecía atento como galgo. Salí al sendero. Dos o tres vecinos se asomaban desde sus puertas, cuchicheaban.

Uno, alto y grueso, esgrimía un cuchillo de cocina en la mano. Supe de inmediato a dónde ir. En el jardín del fondo encontré un cuerpo en el suelo, oscuro y alargado. Era Gaby. Respiraba. La abracé. De pronto abrió los ojos, sus pupilas muy dilatadas. Tardó un segundo en enfocarme. Su cuerpo se relajó.

—Era... Era Carlos. Vino. Lo vi, al fondo. Flaquito. Con la sudadera puesta.

La ayudé a levantarse y la acompañé a su casa. No quiso hablar más. El portazo resonó con fuerza en la noche. Volví a casa, bajo las miradas desaprobadoras de los vecinos. Me resigné a que naciera algún chisme desagradable que, como todos, moriría sepultado en unos días por otro y otro más. ¿Qué hacía el fantasma en nuestros andadores y, además, vestido como en los viejos tiempos? Busqué en mi recámara: revisé cajones, sillas, el espacio bajo la cama. La sudadera negra había desaparecido. Mis padres veían la televisión mientras mi hermana, en la cocina, charlaba por teléfono y se tostaba un pan. Mi abuelo se recortaba las uñas. Actuaban todos como hipnotizados.

—¿Supiste qué fue el grito? —preguntó mi madre.

—Se estaban peleando —respondí.

Ella ni siquiera parpadeó.

—¿Ya ves? —dijo a mi padre—. Te dije que era otro pleito.

Mi preocupación era muy distinta.

—Mamá, la sudadera negra... que siempre uso. ¿La lavaste?

Tardó en reaccionar.

—¿Perdón? Ah, sí. Debe estar en el tendedero.

Dejé pasar unos segundos para que se concentraran en sus asuntos. Subí a la azotea por la escalerilla de la cocina. Los andadores, desde arriba, parecían un pobladito de cerámica: tinacos, antenas de televisión, cables de luz. Nuestro tendedero, enjaulado con malla metálica, tenía la puerta abierta. Ninguna prenda negra colgaba por allí: sólo calzones, camisetas, vestidos. Alguien se había robado la sudadera de Carlos.

Convoqué una reunión general. Debería haberse realizado en la pizzería, pero la sola idea de que Max pudiera presentarse ahí me torcía el estómago. Quedamos en el Ultramarina, a la salida de la papelería. Era uno de esos días feriados que parecen hechos para ricos, sin clases pero con trabajo. Javier y Gina llegaron primero, frescos, como si acabaran de salir de un cine. Gabriela llegó después de acabar su turno en la tienda, el uniforme planchado, una sombra de cansancio bajo los ojos. Los saludos fueron cortantes: Maples y Javi se clavaron miradas de iceberg, Gabriela rechazó el abrazo de Gina. Yo no besé a nadie. Subimos al área de comedores. Olía a grasa requemada, a refresco que se pegaba a los zapatos. Conseguimos mesa en un rincón, lejos del bullicio de las máquinas de juegos. Maples, al no encontrar silla libre, se sentó en una barda baja, con macetas de plástico, las raíces secas asomando por los agujeros.

—Llevamos semanas en esto —dije, frotándome los ojos— y no sabemos mucho más que al principio.

—Sabemos que el video puede joderse al colegio entero —completó Gaby, ajustándose el pelo en una cola tirante.

—Y sabemos que los mensajes del supuesto Carlitos salieron de un celular renovado a su nombre y de computadoras en el mercado Comonfort —añadió Javi, señalando su propio teléfono como si fuera un trofeo.

—Y, quien sea, sabía que te habían secuestrado —dijo Gina, limpiando una mancha de cátsup de la superficie de la mesa con la punta del dedo.

—Y está lo de la sudadera que nos contaste —cerró Gaby—. No sé si vi a Carlos en el jardín o qué vi. Pero el caso es que ahora no hay sudadera.

Todo era cierto. Con lógica o sin ella. Maples abrió su mochila y desparramó sobre la mesa un surtido de discos piratas. Las portadas mostraban mujeres con sonrisas forzadas y hombres sin camisa. Nadie los tocó. Era porno barato.

—Ayer pensé: no debe haber tantos productores de porno en la pinche ciudad. Y salí a comprar el que hubiera. Puro material local.

—¿Y eso de qué sirve? —preguntó Javi, burlesco.

—Para contactar productores y preguntarles sobre el material de Carlitos. Eso no se vende en puestos…

La ocurrencia de Maples nos dejó en silencio. No era Sherlock, pero tenía sus momentos de claridad.

—Es un comienzo —aceptó Javi, guardando el teléfono—. Pero va a ser lento y de güeva. Es como comprar una bolsita de droga en un bar y creer que con eso agarras a un capo.

—Otro punto es Max —añadí, para cambiar de tema e impedir un pleito—. Tengo que hablar con él.

—Sí —dijo Javi, mirando a Gina—. Y con Adán, que no ha soltado prenda del tal Hugo. Lo que no veo cómo es que le saquemos algo a los curas. A Novo o al pinche Gilberto.

Gabriela gruñó. Estaba muy derecha, con su impecable uniforme de vendedora. Un mechón negro se escapaba de su fijador de pelo.

—Falta Pablito Novo, que debe saber más que nadie.

—Y la sudadera —agregó Gina, jugando con su anillo de plata.

Se hizo otro silencio. ¿Cómo hallar una prenda tan común y a la vez tan única? Eran tantos frentes abiertos que daba horror siquiera repasarlos. Pero no había otra salida a tantas semanas de confusión. Quizá si dábamos con los culpables, el espíritu de Carlos, real o falso, descansaría. Nos despedimos. Gabriela volvió a su tienda, la espalda rígida. Maples guardó el porno en su mochila raída y se fue al metro arrastrando los pies. Gina parecía querer decir algo, los labios entreabiertos, pero Javier, al pendiente de su teléfono, no nos dejó solos.

—Bueno, nos vemos —dijo ella, y me besó la mejilla con un roce de perfume.

Desaparecieron por las escaleras eléctricas. Me quedé un rato en los comedores, rodeado por gente que me importaba un carajo. Sentía el rostro caliente por el beso. Caminé al tercer piso, donde sólo había tiendas de ropa. Me miré, reflejado en las vitrinas oscuras.

Intenté verme como lo haría un extraño: silueta larga y flaca, ropa desaliñada, pelo revuelto, ojos hundidos, cara común. Le daba un aire a mi abuelo, que siempre reivindicó haber sido un galán. Pero él era encantador. Yo no. Mis manos tenían callos, uñas mordidas. Olía a tinta y sudor, como cualquiera que trabajara todo el día en una papelería sin aire acondicionado. Mis posibilidades con Gina, acepté, eran nulas. Aunque ella mostrara interés, seguro era nada más por la adrenalina del caso. La realidad era ésta: no podía invitarla a un restaurante decente con mi salario. ¿Y qué pensaría su madre de un empleado sin estudios? Bonito futuro: la güera rica, enamorada del papelero. Mi vida entera resultaba espantosa. Mis padres eran insulsos. Los andadores, un hoyo donde los niños terminaban en el porno o la piratería. Había fallado en los exámenes para la universidad. A veces no me alcanzaba para el metro. Escupí contra una vitrina en la que mi reflejo era patético: un condenado, un sirviente. Tuve la impresión de que alguien me observaba a la distancia. Vi, o creí ver, una silueta que escurría escaleras abajo. Otra, mucho mayor, la seguía.

Por la tarde, incluso más que en la mañana, el Comonfort apestaba. Era difícil entender que tanta gente se atreviera a comer allí. Gente como yo mismo. El buqué del mercado era una mezcla de fruta pasada, moscas, grasa. Todo lo que vivía allí merecía estar muerto, pensé, y tuve que sonreír. Casi todos los locales estaban ya cerrados. Había visto a los guardias antes de llegar, a media cuadra; fumaban en paz. El puesto de los Villaurrutia tenía los candados bien puestos, pero Maples había demostrado que uno podría brincarse y eso hice. Las pilas de películas seguían ordenadas, pese a todo. La llave de Carlitos encajó algo forzada en la cerradura del cajón, lo que era una prueba de que Maples la había usado como vil ganzúa. No había nada nuevo, facturas de discos, etiquetas. Encima de la mesita dejé el recado que había preparado para Max. No quería un intercambio telefónico: sólo dejarle saber que podía entrar a su reino si me daba la gana. Ponerlo a la defensiva.

«Tenemos que hablar. En las pizzas, mañana, a las ocho.»

Max Villaurrutia. No se llega lejos en la vida con ese nombre. Sin embargo, en la fonda de la calle Angostura se le respetaba. Los tipos del billar lo saludaron con la cabeza. Los del pinbol hicieron lo mismo. Imelda le estampó un beso en la mejilla. Max me estrujó contra su pecho, adornado con cadenas de oro, y ocupó su asiento. Siempre me dio algo de miedo. Todo lo que resultaba frágil en Carlitos, en Max era abrumador. Por cada palabra tuya, él escupía dos. Por cada ademán, hacía cinco. Yo tenía frío. Privado de la sudadera, llevaba una chamarra azul marino que me regalaron en un cumpleaños, y que usaba poco, pues era idéntica a las de mi padre: puños elásticos, broches inútiles en los hombros. Típica prenda de empleado. Como mi padre.

O como yo. Max llevaba una cazadora de piel que le llegaba a los muslos. Un poco ajada en los codos, con un corte, en el cuello, como de navajazo. La ropa de un tipo al que nadie le dice qué hacer.

—Qué me cuentas, carnalito. —Era su clásica frase para abrir charla. Decidí no decir nada personal: ni escuela, ni trabajo, ni familia. No había ido a eso.

—Es sobre Carlos.

Aceptó con reticencias. No le gustaba el tema. Dije dos palabras pero él me interrumpió, alzando un dedo. Llamó a Imelda, pidió una jarra de cerveza. El cabrón quería ablandarme. La mesera subió el volumen de la música; las partidas de billar se volvieron ruidosas, con gritos y carcajadas. Intenté sobreponerme al agobio. Había pasado por demasiadas cosas como para echarme atrás. Max esperaba mi primera frase muy atento, como un perro a punto de saltar.

—Sé que Carlos andaba en problemas. Y que hacía porno. No sé si por lana, a lo mejor obligado. Sé que tenía un novio y se jalaron a varios alumnos del Alpes a sus videos. El padre nos contó eso. Y nos dijo que te pidió rastrear esa mierda y borrarla.

Bebió y un hilo de cerveza le escurrió por la comisura, manchándole la chamarra. Yo no había ni desayunado. Me serví una rebanada de pizza y la devoré. Max tenía la quijada tensa, las fosas nasales abiertas. Era muy pinche feo.

—No es tu pedo, carnalito. Y si se lo cuentas a quien sea, te parto la madre.

Nunca lo había oído así. Normalmente, esa frase

habría zanjado la discusión y me daría pesadillas por meses. Pero no era el momento de apocarse.

—Así no le contestaste a Novo. O al tal Gilberto. Con ellos no eres tan gallito. ¿O sí?

Se le acabó la altanería. Imelda, que no podía oír por culpa del ruidero, debió verlo descompuesto y le acercó un vaso de agua, pero Max la despidió con un movimiento de dedos.

—¿Cuánta gente sabe?

—Un chingo y medio. Eso ya no lo controlas. Lo que quiero entender es si Carlos murió por los putos videos y quién tiene la culpa.

Max bajó la cabeza. Nadie carga ese peso sin trastabillar. Una lágrima le resbaló por la cara, pero su rostro se recompuso. Volvía el animal dominante.

—¿Crees que yo le haría eso?

Me burlé de su tonito y se desconcertó.

—Sé que no lo ayudaste.

—¡Yo no le hice un carajo!

Pese a la música, los gritos llamaron la atención. Los del billar dejaron de fingir y voltearon a vernos. La mesera, tras la barra, parecía alarmada.

—Pruébalo —dije.

Resopló como un caballo y escondió el rostro entre las manos. Había perdido los estribos. Tanta cadena de oro, tanta chamarra de piel no bastaban para absolverlo. Bajó los brazos. Su voz era un murmullo.

—Yo no sabía nada. Fueron él y Hugo. A ellos les tocó que llegaran al puesto los tipos. Yo no estaba. Eran unos fresas elegantes, según me contaron. Buscaban distribuidores para su porno. Manejaban de todo y original, grabado por ellos. Les dejaron un disco de muestra. Puras porquerías: niños, perros, viejitas. Daban asco. Ofrecieron mucha lana, pero esperé a que volvieran, otro día. Les dije que no. Dos güeros de veintitantos, presumidos. Decían tener jefes importantes.

Max volvió a beber, manchándose otra vez. Los nervios lo volvían torpe.

—¿Y por qué terminó Carlos grabando con ellos?

Se tomó la nariz. Lloraba otra vez.

—No sé bien. Debe haber sido cosa suya o de Hugo. Se metieron en pedos. Los güeros volvieron. Reclamaban un material. Discutimos y sacaron las pistolas. Le dieron a Carlos... Pero no fue mi culpa, yo quise protegerlo. Cabrón: yo no... no sabía cómo era él.

Nadie sabe cómo son los otros, pensé. Max parecía hundido.

—Sabía que era raro. Un día le di una madriza porque lo encontré vestido... de morra. Ropa negra, pelo así como... Así. Pero nunca quise que lo mataran.

La música cesó. Ya no había jugadores en las mesas. Imelda se hacía pendeja, a la distancia. Max, ahora, miraba sus pies. La jarra de cerveza estaba vacía. Dejé pasar un rato, y me levanté y salí. La luna llena proyectaba sombras en la calle. No: no le creía una palabra. No podía creerle.

Adán yacía en una tumbona junto a la alberca de los O'Gorman. El tufo a alcohol lo delataba: ojos vidriosos, palabras tambaleantes. Le pedí a Javi que citara a su tío por la tarde, para no gastar uno de mis permisos de salida temprana en la papelería. Elegí la camisa menos fea de mi armario, gris y lisa, para que Gina no me viera con las garras de siempre. Ella abrió el portón y me saludó con un beso en la mejilla, confiada, cálida. Caminamos a la alberca. Adán alzó su vaso de ron con coca a manera de bienvenida.

—Gracias por recibirme —dije, como si fuera a hacerle entrevista—. Quería hablar contigo hace días, pero…

Él asintió, derrotado. Las semanas nos habían golpeado duro a todos.

—Yo estaba allí cuando… mataron a Hugo… Sé que te pegó fuerte, eso. Sólo quiero saber si recuerdas algo. Quiero entender por qué lo mataron. Y quién.

Adán se atragantó el buche de ron. Su vida de rentas y futbol, que podría haber levantado envidias, estaba convertida en un lodazal.

—Hugo era… sublime. Nos conocimos en el Bar Bosque. Hacía imitaciones, ¿sabes? Tenía una voz… —balbuceó, perdido en sus recuerdos—. Íbamos al estadio juntos…

Lo dejé hablar. Detalló unos planes de vacaciones en la playa, con música y velas… Tardó diez minutos en llegar al punto. La noche del asesinato, dijo, recibió una llamada de Hugo. Corrió al mercado, pero era tarde.

—¿Sabes que encontramos pornografía ilegal en su cajón? —interrumpí.

Adán estalló.

—¡No, así no! ¡No lo manches! Él no tenía que ver

con esas porquerías. Serían cosa de Max. ¡A Hugo le gustaba el cine de Fassbinder!

Le expliqué que no buscaba difamarlo, sino conectar su muerte con la de Carlos. Era el único modo de encontrar al responsable… Y entonces ya veríamos qué hacer. Entre lágrimas y sorbitos de ron, murmuró incoherencias sobre Hugo, su pobre niño, muriendo entre la basura del Comonfort. Gina y Javi nos observaban, cada vez más incómodos. Era hora de acabar con aquello. Me compadecía de Adán, pero no había logrado ayudar en nada. Me despedí. Afuera, las calles del fraccionamiento olían a dinero: altos muros, jardines perfectos. Caminé al metro pensando en el abismo que se había tragado a tantos a mi alrededor. En el vagón, los uniformes manchados de los niños del turno vespertino y los tatuajes medio ocultos de los empleados, me recordaron que algunos nacen para escalar, y otros parece que llegamos al mundo para hundirnos. Quizá Carlos lo supo, pensé. Quizá Hugo también. Afuera de la estación me esperaba una fila de puestos de tacos, iluminados por focos llenos de moscas. Avancé dos cuadras antes de torcer por una calle desierta. Un auto negro me seguía y persistió, a lo largo de tres manzanas, hasta alcanzarme. Pensé, por imbécil, que los pasajeros iban a preguntarme por alguna dirección. La ventanilla bajó y me acerqué. Un rostro relleno, de ojos achinados, me sonreía. Una mano me apuntó a la cara con el cañón de la pistola. Me detuve en seco. El tipo que descendió del vehículo era enorme. El primer golpe en mi estómago me borró todos los pensamientos.

Nueve

Carlitos no era mal futbolista: era pésimo. Se barría sin coordinación y sus patadas nunca acertaban a la pelota ni al rival. Jamás llegó, que yo viera, a tirar a portería. Ni una vez. Trotaba, manso, alrededor de las jugadas y, aunque se metía a los empujones, de ser necesario, era de los que terminaba siempre por rodar en la hierba. Por eso nos espantamos el día que le fracturó la pierna a Marquitos, defensa del equipo de la Prepa Quince e hijo de su entrenador, el Mosco Zambrano. Marquitos era uno de esos bichos de gimnasio: hombros anchos, narices de perro y sonrisita. Y un experto en el arte de picarles el culo a los rivales. No sabría decir por qué Marquitos, en vez de ensañarse con el Chivo Sahagún, nuestro goleador, que aquella tarde se despachó con un *hat-trick* indigno de una liga de barrio, se empeñó en joder a Carlitos, que no era ni lateral ni extremo, sino algo parecido a una nube que pasaba por la cancha sin echar sombra. Comenzó por encimarlo, en un tiro de esquina, y Carlitos lo espantó de un manazo. Siguió acercándose, le sopló al oído en un saque de banda y acabó por untarle la mano en la cara. Nuestro amigo resistió: se limitaba a alejarse del rival con rabia creciente. Pero no era de piedra. En un balón dividido, le metió un planchazo, a Marquitos se le atoró la pierna y su rodilla giró en un ángulo inadmisible. Oímos un crujido como de ramas pisadas por un trolebús. El Mosco Zambrano supo que su hijo estaba mal, brincó de su banco y anticipó los bramidos de su heredero metiéndole una toalla en la boca. Carlitos yacía, haciéndose el lastimado, pero al final se puso en pie y se acercó al corillo que se había reunido en torno al caído. El portero de la Prepa Quince lo tomó por el cuello.

—¿No viste, pendejo? Le partiste la pierna.

Carlitos, lívido, no halló otra forma de mostrarse pesaroso que escupirle en la cara a su agresor. Otros enemigos lo rodearon y se pusieron a darle de jalones. Patán, le dijeron, y también hijo de la chingada, carnicero. Maples y yo nos abrimos paso hasta el centro del torbellino y separamos a nuestro amigo de los captores.

—Fue accidente, este güey no hace eso. Fue un pinche accidente —repetía Maples, mientras asestaba manotazos admonitorios.

Pero Marquitos había logrado sacarse la toalla y, desde la cima de la camilla en la que lo habían encaramado, se puso a berrear:

—¡Me rompió, el cabrón! ¡Pártanle la madre!

En cosa de segundos, árbitros, público y jugadores nos trenzamos en una batalla. Hubo patadas traicioneras, mordidas, codazos por la espalda. A la madre del lateral de la Quince le agarraron las nalgas y, al calor de sus gritos, la lucha se recrudeció. Fue nuestro entrenador, don Nachito, quien logró dar la alerta a la patrulla que se pasaba las tardes estacionada a la vuelta del Comonfort, bajo la sombra de los ahuehuetes. Los uniformados se empeñaron en controlar a gritos a una multitud que no les prestaba atención. Transcurrieron más de veinte minutos antes de que se restableciera algo parecido al orden. Marquitos había caído de la camilla, entretanto. El hueso de su tobillo, en oposición con respecto a la rodilla, le asomaba por la calceta rota. Al final, los policías nos echaron a todos y una ambulancia se llevó al lesionado. Sobrevinieron días de insomnio y culpa. Temíamos acabar en prisión o, cuando menos, expulsados de la escuela, la liga o del barrio mismo. No me atreví a confesarles a mis padres lo que había sucedido y esperé a que los chismes del andador los pusieran al corriente. Pero que un hueso se hubiera salido de sitio, y provocara una bronca general, no era un asunto tan serio en el futbol *amateur*. A Carlitos lo suspendieron tres juegos, pero el médico dictaminó que la fractura se produjo por el atorón de la pierna de Marquitos, no por su plancha, y el asunto no pasó a mayores. Tuvimos que disculparnos oficialmente con el equipo de la Prepa Quince, eso sí, y enfrentar la jeta agraviada del Mosco Zambrano, conscientes de que su hijo no volvería a patear un balón correctamente en la vida, pero no hubo otras consecuencias. Vaya: incluso el que le dio el agarrón a la madre del rival permaneció impune. Personalmente, siempre hice responsable a Maples, porque la noche de los hechos comentó, con inocencia: «Esa señora aguanta». Carlitos se mantuvo en silencio por días. No fuimos capaces de preguntarle la razón de que hubiera dejado de ser el pacifista más famoso de la liga para volverse un asesino. Con todo y la suspensión, nuestro amigo siguió entrenando. Trajinaba en el campo y se demoraba en las regaderas hasta el punto de irritar a Maples. Una tarde, lo pinchamos lo suficiente como para que, harto de insistencias, se decidiera a hablar. Estábamos sentados en la banqueta del estacionamiento norte de los andadores. Unos chamacos jugaban cascarita; los mandarinos fungían como postes de su arco. El más hábil con la pelota ya se había llevado varios puntapiés de los compañeros menos dotados. Carlitos dijo, con su habitual tono enigmático:

—Se los gana.

Maples se apresuró a refutarlo:

—El chamaco mueve bien la pelota.

Nuestro amigo se encogió de hombros.

—Me dijo «putito», el pendejo de Zambrano. Por eso le partí la madre.

Maples, impresionado, le estrechó la mano. Guardamos un silencio respetuoso por el resto de la tarde.

Abrí los ojos en un cuarto oscuro. Mis costillas eran unas garras que sostenían sin tino la papilla ardiente de mi estómago. Mi nariz goteaba sangre. Sentía un escurrimiento y sobre mis pies aparecían gotitas rojas.

Plop, plop. Mis manos fueron capaces de moverse, tocar mi cabeza y acunarla, en el intento de sacarme el dolor que subía por la espina y escurría de mis fosas. Plop. Plop, plop. El tipo gordo que me arrebató de la calle estaba allí, a mi lado. Me acercó un vaso con agua. Cuando vio que mi mano se movía errática, como insecto sin cabeza, y que no podría tomarlo, me entregó un popote. Sentí que el líquido mojaba mis labios, encharcaba mis comisuras, bajaba por mi garganta. Parte del agua, que intenté beber con rapidez, se derramó en mi pecho. Plop, puta madre, plop.

—Te pasaste de verga, Quico.

La frase iba dirigida al gordo, que torció la boca, como perro regañado. Logré incorporarme en la silla. Unos rayos de luz se colaban al lugar, iluminaban el polvo, la pared y su pintura descascarada.

—Te dije que lo trajeras, no que lo putearas.

Quico levantó las manos al cielo, como si el reclamo fuera una injusticia. La voz que lo reconvenía calló. La nube de achaques que me rodeaba me impidió dar con el emisor a golpe de vista. Me dolía cada parte del cuerpo que era capaz de sentir e incluso otras que jamás, hasta aquel momento, había tomado en cuenta. ¿A quién carajos, que no esté enfermo desde la cuna, le duelen la baja espalda o el pulmón derecho a los dieciocho años? El dueño de la voz se dio cuenta de que le buscaba el rostro porque avanzó a donde la luz lo mostrara. Era bajito, delgado, con mirada de inquietud. Y llevaba puesta la sudadera negra que había sido de Carlitos. Lo recordaba del video. Era Pablito Novo.

—Pinche gordo, le partiste la madre —repitió él.

Y, dirigiéndose a mí por primera vez, explicó:

—No te preocupes. Fue un error. No queremos chingarte.

Juntó las manos para recalcar sus palabras, con un ademán de cura que me recordó a su tío. El paso de los minutos me devolvió la vida. Quico se dedicó a proporcionarme, sucesivamente, más agua, un chocolate, un algodón empapado con alcohol para curar mi nariz, y una cerveza helada, que no abrí y me limité a ponerme en la frente. Aquello era una disculpa, más que simple cortesía. Al final, trajo un papel y lo puso al alcance de mi mano. Retrocedió, en espera de que lo revisara. Pablito Novo se mordía las uñas. Para tratarse de un par de secuestradores, el gordo y el pequeño daban una curiosa sensación de desamparo. No pude odiarlos, de momento. Volteé el papel. Era una fotografía. Carlitos y Pablo sin camisa, quizá desnudos: la imagen no lo mostraba. Miraban a cámara, felices. Un cuadro conmovedor. Una imagen común entre dos personas que se querían. Como para ponerla en un marco y que decorara, por siempre, una cómoda. No me entregué a la ternura. La cara de mi amigo muerto me revolvía el estómago. Abrí la cerveza. Se había entibiado, sabía mal. O quizá era que mi boca estaba amarga. Pablito me miraba, severo.

—Yo no le hice nada a Carlos. Sólo investigo, sigo a la gente, miro… No pude resistirme a robar la sudadera —dijo, jalándose las mangas—. Perdón.

No respondí. Él, quedaba claro, quería sonar convincente.

—Sólo dime lo que sepas y te dejamos en paz. Perdón por la madriza. El cabrón de Quico no tiene pinche idea de cómo portarse.

El interpelado volvió a levantar las cejas, cansado de los reclamos de su patrón. Sacudí la cabeza para negarme a cooperar. Deben haberlo tomado como parte de mi intento por regresar a la conciencia porque se apresuraron (es decir, Pablo ordenó y Quico obedeció) a darme otra cerveza.

—Tú tienes la culpa de que se lo chingaran —tosí.

Ya no goteaba sangre, pero el algodón en mi nariz ardía. Quico era un pasado de verga, sí. Pero Pablito no estaba de humor para hacer cesiones. Nunca lo estuvo. Pateó la lata que había quedado abandonada junto a mis pies. La paciencia lo abandonaba. Apretó los puños, tomó del suelo el retrato que lo mostraba con mi amigo y me lo agitó delante de los ojos, como prueba incuestionable de su sinceridad.

—¡Yo no le hice nada! ¡Me estoy encargando de chingar a los que lo jodieron!

El pecho le daba brincos, como si bajo la camisa llevara un simio salvaje. Tuvo que hacer un esfuerzo radical para sosegarse. Cerró los ojos, respiró durante un minuto o más. Al fin, hizo una seña para que me bebiera la cerveza y volvió a sentarse. Jadeaba. ¿Cuáles serían los consejos que le habrían dado los psicólogos, pedagogos, sacerdotes y asesores con quienes los Novo lo habían mandado para sacarle al Diablo del cuerpo? No pude encontrar en Pablito huella alguna de la simpatía o el carisma que habían llevado a Carlitos a enamorarse de él. A mí me producía una mezcla de antipatía y malestar. Me daba vueltas el horizonte y el dolor me afectaba un área que llegaba de la coronilla a los pies, pero logré mantenerme vertical. Quico ya estaba detrás de mí, en guardia. Tanta cervecita y vasito de agua y ahora este gorila va a partirme lo que me queda de madre, pensé. Pablito lo contuvo y Quico retrocedió hacia las sombras. Su amo, con un movimiento coreográfico, se quitó la sudadera. Me mostró unos brazos cruzados de cicatrices.

—También tengo mis heridas.

El mareo me obligó a retroceder. Quico tuvo la amabilidad de ayudarme, porque estaba yéndome de lado.

—Yo te cuento lo que sé y después tú —ofreció Pablito, con una voz que conservaba algo infantil y me recordaba a la de Carlitos.

Entendí que Gaby lo confundiera. Sí, con aquella sudadera encima, eran muy parecidos.

La historia de Pablito

Conocí a Carlos en el templo. Él iba a unas charlas que daba mi tío. Desde el principio fue diferente de los otros. Estoy harto de que los psicólogos y los curas y la gente me diga que estoy desorientado. Ni madres. Sé lo que quiero. Carlos, y creo que lo sabes, era distinto. Podía ver a través de las cosas. Conocía a la gente con observarla un par de veces. Era profundo. Entendía. Por eso, creo, era retraído.

Por ejemplo, los quería a ustedes, sus amigos de niño y eso, pero no creía que pudieran entender las cosas que le interesaban. Pensaba que tú y el otro vecino ¿Mapletorpe? ¿Maples? Ése: Maples. Pues que eran muchachos de barrio. Ni listos ni tontos, medio cabrones, medio pendejos, emocionados por verles los calzones a las señoras de los departamentos. Y así los quería. Tenía una amiga, ¿la conoces? ¿Gaby? La oscurita. *Con la que jugaba a los vampiros. Quizá ella entendía más, pero Carlos era dado a separar las cosas y no abría las puertas. Yo apenas la vi, a la amiga. Nunca fuimos al cine ni cenamos juntos ni nada. Nos mantenía a cada quien en su esquina, en su lugar. No, jamás, hubiera podido hacerle nada. Lo quería. Jamás lo hubiera obligado a hacer algo que pudiera ponerlo en peligro. Sí, nos grabamos, como juego. Pero eso no tuvo que ver con los otros, con los chavos del colegio. Nada. Yo ni siquiera supe que Carlos anduvo metido en eso durante muchísimo tiempo. Meses, cabrón, meses. Hasta que un día me lo contó. Estábamos en un hotel. Íbamos allí cada tanto tiempo, porque en su casa era imposible y en la mía no eran discretos tampoco: mi tío siempre se las arregla para espiarme, el cabrón. Nunca me gustaron los hoteles, pero a veces son necesarios. Aunque me dan horror esas pinches sábanas y baños usados por miles de personas que ni sabes qué son, qué hacen, de qué están enfermos. A veces íbamos. Y nos quedábamos muchas horas. Llegábamos en la mañana, para que no se la hicieran de pedo en su casa por llegar tarde. Y entre semana, siempre, porque el fin lo reservaba para el pinche puestito del mercado. A Max, su hermano, le tenía no sé si miedo o cariño. Hablaba de él como si fuera de otro planeta. Lo veía como un cabrón invencible. Y lo presumía: que si ganaba no sé cuánto, que si andaba con cinco muchachas al mismo tiempo y con todas podía, pendejadas, la neta. Pero a mí me daba ternura que lo quisiera. No pensaba que sería el hijo de puta que es. Alguna vez le pregunté a Carlos qué pensaría su hermano sobre nosotros. Estaba contándome no sé qué de sus negocios y se lo lancé, tal cual, para retarlo. Me cansaba hablándome de él. O a lo mejor es que me ponía celoso que lo festejara y le lamiera las patas. Carlos se ofendió. Dije que su hermano sabía cómo era él y que «era un pedo». Pensé que se había disgustado, lo emputaba que le hablara del hermano y su relación. Luego, cuando pasó lo que pasó, entendí que no fue capaz de contarme. Que no quiso ponerme en peligro o no quería reconocer que el hermano… que el hermano lo usaba. ¿A poco te extraña? Pinche cara que pones. Seguro que en el barrio nunca se imaginaron a lo que se dedicaba, el pinche Max. Carlos decía que los trataba a ustedes como a sus hijitos, que les daba gratis las películas. Pues no es buena persona. Es un hijísimo de puta. Un miserable. ¿No lo sabes? ¿Ni lo hueles? No, ya veo que no. Max supo que Carlos era así hace mucho. Lo debe haber descubierto. No sé exactamente cómo pero estoy seguro de que lo supo desde el principio. ¿Y sabes qué hizo? No tienes la más pinche idea. Primero le puso una serie de madrizas impresionantes. Y le hizo no sé qué tantas cosas, porque Carlos nunca quiso darme detalles. Le tenía tanto miedo que lloraba de pensarlo. Y luego, el hijo de puta lo grabó.*

Unos tipos le ofrecieron distribuir porno duro, ilegal, tuvo una iluminación y les dijo que mejor se lo compraran a él. ¿A poco crees que la lana de Max y esas viejas salen de un puesto de piratería en un mercadito pinchurriento? Max anda en apuestas y cosas ilegales. Se puso a distribuir, según supe luego, unas películas que le pasaban los tipos. Ellos tienen su centro en la colonia Tabacalera. ¿Sabes lo que fue meterme allá a hacer preguntas? Has ido, pero no sabes lo que es. Con ayuda del cabrón de Quico, me metí. Y supe muchas cosas. Cosas que la pinche policía ni siquiera intentó descifrar, porque, para ellos, que maten a un chavito da lo mismo que si se cogen a una pinche rata. Piensan como mi tío. Averigüé cosas que el pendejo de mi tío no habría descubierto jamás con su escoltita de curas. Ni mucho menos por boca del perro asqueroso de Gilberto, ese hijo de la chingada, mentiroso. ¿En qué mintió? En todo. En cada parte de su historia. Pero qué gano hablándolo con mi tío, si no le han bastado todos estos años para darse cuenta de quién soy. Cuando pasó lo de Carlos, me largué. No voy a tratar de darte pena. No te imaginas lo que fue. Mi madre me da dinero a cambio de que me quite de su vista y así vivo y viví. Estuve de viaje un tiempo. Traté de calmarme y pensar, de convencerme de que nada había que hacer, de que lo importante era estar bien. Pero no se puede. Así no. No puedo seguir cuando se quedaron tan tranquilos los que usaron a Carlos como puta y lo mataron. Y por eso voy a saltarme a la pinche policía y a chingármelos, si puedo. Y, bueno, he tenido que inventarme toda clase de cosas para conseguirlo.

A veces solo, a veces con ayuda de gente, casi siempre pagando. Uso el dinero que me deja mi madre y que mi tío ha procurado por todos los medios controlar. Y he estado allí, metido, esculcando. Ellos saben que algo pasa. Tanto Max como el pedazo de mierda de Gilberto. Saben que alguien se enteró de sus pinches negocitos. ¿Socios? No entiendes. Y qué te voy a contar si no entiendes. No son socios entre ellos. Gilberto averiguó lo que Max hacía y lo que obligó a Carlos a hacer, y decidió sacarle provecho. Por eso, y no por mi tío, ha presionado a Max. Quiere la famosa mercancía pero quiere algo más: los contactos con la gente de la Tabacalera. Que ni es de allí. Tendrán su bodega, pero no son gente de barrio. No sé de dónde sean. A la bodega entran policías y políticos, entra toda clase de gente, y con toda tratan. Son unos cabrones. Ellos le pusieron la bala en la cabeza a Carlitos y al ayudante de Max, como sea que se llamara. ¿Hugo? A él. Pero la culpa la tienen el puto Max y Gilberto. Toda. Porque creo que Carlos y el tal Hugo supieron que algo iba mal y le escondieron el material a Max antes de que pudiera entregarlo. Por eso comenzaron a joder. Y ellos le contaron que el material estaba perdido y se hacían pendejos y Max buscaba por todos lados, pero era muy idiota y no se daba cuenta de que lo escondían enfrente de sus narices, en el mercado. Durante un tiempo no quise que me notaran. Descubrí que Hugo, por ejemplo, tenía cosas de Carlitos, incluyendo su teléfono y el acceso a sus cuentas de red. Las usaba desde mucho antes, de acuerdo con Carlos. Seguro que se metió para sacar todo el material por si Max o los cabrones de la

Tabacalera querían obligarlo a dárselos. Nunca pude hablar con él, aunque lo intenté. Quico fue el único que pudo sacarle algo de sopa. Ahí como lo ves, puede ser bueno para hablar. ¿Te da risa, cabrón? Tiene su pegue, Quico. Lo único que llegamos a saber es que Hugo era otro de esos amigos de Carlos que los demás no trataban. Total, no creo que fuera mala persona el tipo. ¿Cómo? Hugo, sí. Era un güey que vivía aterrado pero también agradecido con Max. A la tercera copa contaba sus desgracias. Sufría con lo que pasó con Carlos pero no hacía nada. Max lo dominaba tanto que acababa por doblarse. Menos por Carlos. Él lo enseñó, creo, a resistir. Él era el guardián del material. Max, que es hábil para lavarse las pinches manos y quería ponerse a salvo si les llegaban a caer, lo habrá hecho pasar incluso como el verdadero jefe, no lo dudes, y por eso fue que lo buscaron. Y mira, igual que pasó con Carlos, se lo chingaron por protegerlo. Porque no les dijo nada del material que tenía ahí, material que podía haberlo salvado. Yo estaba allí, esa noche. Llevaba tiempo siguiéndolo y daba vueltas por el rumbo. Te aseguro que esos cabrones, los asesinos, se fueron sin encontrar lo que querían, porque Quico y yo hicimos ruido y ellos salieron corriendo. Fui el primero en llegar al sitio donde cayó cuando le dispararon. Vi a Hugo tirado y supe que debía robarme lo que pudiera antes de que llegaran Max y la policía. Me las ingenié para quedarme con lo que pude (discos sospechosos, quiero decir) mientras los guardias y los curiosos se quedaban junto al cadáver. Te vi allí, cuando volvimos a cerrar, y nos escurrimos a la calle. Había una computadora escondida detrás de una mesa, discos en un cajón y un documento con contraseñas para un sitio web. Todo nos llevamos. No puedo estar cien por ciento seguro de que fueran todos sus respaldos, pero hasta donde pude investigar, es probable. No sé por qué los había reunido allí o si siempre los tuvo debajo del culo de Max. Quizá los reunió para destruirlos y lo interrumpieron… Ni siquiera me detuve a ver el material en ese momento. Eran cientos de videos y fotos. Algo asqueroso. Una pinche mierda. Carlos, puta madre. Solo. Y conmigo. Y con otros. Muchos chavos del Alpes Suizos. Otros chavos que quién sabe quiénes sean. Algunos archivos estaban codificados de tal modo que no pude abrirlos. Creo, estoy seguro, de que Max los obligó a reunir ese bonche de mierda para venderlo carísimo, cobró por adelantado y luego no pudo entregarlo. No sé cómo ni cuándo lo decidieron. Ni cómo tuvo fuerzas Hugo para mantener a raya a Max. Quico no se lo sacó. Y lo que yo hice fue destruir todo. No sólo borré, no sólo eso. Vacié y borré, sí. Pero estaban la computadora y los archivos físicos. Y borrar no elimina las cosas para siempre. No. Hubieran podido encontrarlas, a fuerza de buscar, aunque tuvieran que matar a Max (que es lo que están intentando, creo) para quedarse con esa mina de oro puro y mierda. Una mina, cabrón. ¿Sabes cuántos miles de hijos de puta, en el mundo, pagarían por ver eso? ¿Sabes cuántas mafias compran esas chingaderas? He visto cada cosa en internet, cabrón. Es como estar de pie sobre una bomba. Así estamos. Y eso que apenas me asomé y le di una probadita a la caca. Ni siquiera saben quién soy ni qué hago. Pero si supieran que estoy allí, asomado, me buscarían. Son una cosa inmensa. ¿Por qué nadie los detiene? Cabrón. Detienen a sus empleados. A los que les guardan las bodegas o los que roban muchachitos o los pasan de país. A ésos agarran, de repente. Pero a los jefes no. He leído pinche mil reportajes e informes y estoy seguro de que a Carlitos le fue muy mal pero pudo irle peor. Estos güeyes sólo iban a vender unos videos. Pero muchos de ésos, en otros lados, son con gente robada, obligada, amenazada. Hay un periodista que… En fin. No pongas esa pinche cara. No, no he hablado con nadie más. Pero leo, pendejo, y trato de saber. ¿Qué hice? Rompí todo a patadas, a martillazos. Y los restos los quemé. No quedó una sola pinche huella de la biblioteca de Max. Ni un puto byte. *Por eso está desesperado. Porque debe haberles cobrado un anticipo y no tiene nada para respaldarlo. Y seguro que tampoco le dio a Gilberto la parte que le tocaba. ¿Si mi tío supiera que el material ya no existe? No lo creería, aunque se lo jurara. No me cree nada. Piensa que el culpable soy yo, güey. Pero me vale madre. Por mí, que se pase la vida angustiado, pensando que le va a estallar el colegio debajo del culo. El problema no es mi tío. El problema es Max. Y son esos güeyes de la Tabacalera. Y no tanto ellos, que deben ser matones normalitos. El pedo son los jefes. No los pendejos como, por ejemplo, los que se llevaron a tu amigo. ¿Por qué? Porque lo vieron rondar los dominios de Max. Deben haber pensado que era ayudante suyo. Fue una suerte, una casualidad, que lo jalaran dos de los matones más chafas que he visto. Creo que eran dos que habían dejado de guardia para vigilar a*

Max y se aceleraron, porque lo vieron por la zona y rondando con ustedes. Era fin de semana. Lo echaron al club ese, el Bar Bosque. Los seguimos y me di cuenta de que el bar salía en unas fotos que tenía Hugo. Unas fotos que se tomó, muy sonriente, y que escondía en una de sus cuentas en línea. Y salía allí el otro tipo, Adán. Primero pensé que podría estar implicado él, pero nunca lo vi en los videos ni lo vi con Max, sólo con Hugo. ¿Sí? ¿Se hacían pendejos enfrente de Max? Hacían bien. Max es un cabrón y se los habría jodido, seguro. Como yo tenía el teléfono que fue de Carlos, te mandé los mensajes, para que pudieras rescatar a tu cuate. Nadie merece lo que le podía haber pasado si es que llegaban a entregarlo. Fue una pinche suerte que se apendejaran. Habrán querido quedárselo ellos y presentarlo, el lunes siguiente, como trofeo. ¿Los mensajes? Al principio yo creo que era él, era Hugo. Incluso pidió ayuda, ¿no? La noche que lo mataron. No, no creo que lo hiciera por chingar, pero no lo sé. Apenas lo conocí de vista. Creo que quizá quería saber si los amigos de Carlitos tenían información, para reunirla y eliminarla. Eso es lo que creo que había decidido. Parece que era un tipo bueno con las computadoras. Seguro hasta se metió a las cuentas de ustedes. Luego de que lo mataron, como te digo, los mensajes los empecé a mandar yo. Y deberías darme las gracias, porque así fue como pudiste rescatar al pendejito de Javi. Claro que lo conozco. ¿Sabes cómo me caga ese pinche güerito de mierda? Tuvimos nuestras broncas. Sí, le bajé los calzones a su hermana. Porque él es un mamón. Pero tampoco podía dejar que lo jodieran, neta, eso no. Además, siempre podía ser que terminara por hablarles de mí. Son buenos, seguro, para que la gente les cuente lo que saben. Y tanto esos cabrones como Max ya están en alerta y necesito que no sepan de dónde les viene el golpe. Nadie me cree capaz de nada que no sea una pinche cochinada. Pero lo soy, cabrón. Soy tan capaz de chingármelos, así, tan tranquilo. ¿Neta? ¿A poco los pinches mensajes parecían de Carlos? No, yo sé lo que Carlos me contaba de ustedes pero no tanto como para hacerme pasar por él. A lo mejor Hugo lo sabía mejor. Pero bueno. Así están las cosas. El negocio era de Max. Él grababa a Carlos y vendía esas grabaciones y lo obligó a atraer otros morros de la escuela. Y hasta le quitó grabaciones hechas conmigo, que hice porque para mí era un juego y no me importaba si alguien las veía. Las deudas de Max con los cabrones de la Tabacalera ya son, seguro, las suficientes para que en algún momento opten por chingárselo. Ésa no es gente a la que le puedas devolver el dinero. O a lo mejor descubrieron que Carlos era su hermano y quisieron extorsionarlo de algún modo. No lo sé. El pedo de Carlos, en el fondo, no es con ellos, aunque lo mataron. Eso pasó cuando fueron a presionar a Max. Estoy seguro. Y Max comenzó a equivocarse presionado por Gilberto, que quería sacarle jugo al asunto. Por eso me los voy a chingar a los dos. Carlos no merecía eso. Nada de eso. Él debería estar vivo en vez de ellos. Y ahora, ya sabes toda la historia. Ya, pues. Como quedamos: cuéntame lo que sabes.

DIEZ

No era fácil referir a medias una historia que conocía tan bien, pero eso hice. Sin apego a la estricta realidad, expuse a Pablito Novo lo esencial de nuestras comprobaciones y sospechas. Mencioné a mis amigos lo menos posible: no quería ponerlos en la mira de un tipo que, inocente o culpable, había sido capaz de raptarme. Pablito escuchó mis vacilaciones al lado de una ventana, tallándose la cara con el dorso de la mano. Parecía melancólico. El empleado le acercó una cerveza y él la bebió de dos tragos. Cuando acabé el relato, se perdió por un rincón. Regresó al cabo de unos minutos, la sudadera con lamparones húmedos, como si se la hubiera puesto sobre el torso empapado. Quico me ayudó a incorporarme. Hice un gesto para exigir, otra vez, mi libertad.

—¿Quieres irte? —murmuró el jefe, la mirada perdida en el teléfono.

—¿Puedo?

Me miró con un aire que no sé si era simpatía o duda.

—Quico te lleva.

Ofreció la mano como despedida. Clavó sus ojos en los míos.

—Voy a vengar a Carlos. ¿Eso te basta?

Me habían educado en otro planeta distinto al suyo: qué podía responder. Pensé en la sudadera, que ahora tenía consigo. Sí, los tipos se merecían lo peor por usar a mi amigo y exponerlo a un peligro que llegó así, como ladrón en la noche, y le quitó absolutamente todo. Prometí cooperación y silencio, y me dejaron ir. El sol caldeaba la calle. Mis parientes debían estar frenéticos, entendí de pronto, con la angustia de quien olvidó algo crucial. Le di instrucciones a Quico para llegar al barrio sin dar tantos rodeos. Arrancó en silencio pero, como un taxista, no fue capaz de mantenerlo.

—¿Eras amigo de Carlitos?

No pude negarlo.

—Pablo lo quería un chingo. Y no te apures: va a partirles la madre a esos cabrones.

—¿Sí?

—Yo trabajo para su familia desde chamaco. Lo he cuidado desde que era bebé. Pablo siempre fue una balita. Lo que quiere, lo hace. Neta.

Las calles se ampliaron hasta convertirse en avenidas. Árboles plagados de zanates despuntaban, acá y allá, con las raíces quebrando el pavimento y las banquetas. Arribamos al Comonfort, ese compendio de malestares, con su basura y olor a muerte: fruta, animales abiertos en canal, jóvenes usados. Quico me devolvió mis pertenencias, pero no se despidió. Suspiré. Estaba libre. Di unos pasos lentos, de potro recién nacido. Al encender el teléfono, me asaltaron las notificaciones de cuarenta y seis llamadas perdidas. Preveía un drama en casa. Llamé a Javi, que respondió en el acto.

—¿Qué carajo pasa, cabrón? Tu familia llamó. Están como locos. ¿Dónde andas?

Mi borrador de excusa, que era contar que había pasado la noche con los O´Gorman, se había ido a la mierda.

—Luego te cuento. Voy para mi casa…

—Te veo allá. A ver si sigues vivo cuando llegue, pendejo. Tu mamá sonaba mal.

Resolví que narraría el secuestro, pero me guardaría la identidad de los raptores. Llegada cierta edad, ninguna persona cuerda les dice la verdad a sus padres. Carlitos les mentía porque ellos no eran capaces de comprender su vida. Gaby no quería explicarse con los suyos y los manipulaba. Pero yo, me dije, sólo necesitaba que me dejaran en paz. Abrí la puerta de casa con mano indecisa. Había elegido mostrarme tal cual: cansado, golpeado y sucio. Mis padres estaban en la mesa de la cocina, boquiabiertos ante mi aparición. La angustia no les había permitido salir al trabajo. A unos metros, en la sala, el abuelo miraba el noticiero, ajeno a mi llegada. Era un témpano. Quizá por eso había conseguido escapar de Viena y no fue sacrificado, como tantos otros. Quizá por eso pudo casarse con la abuela, que era un dragón insoportable, y le quedaron fuerzas para cuidarla, bañarla, atenderla, cuando sufrió el derrame. La abuela pasó cinco años en estado vegetal, una agonía como un valle de sombras, a la que sólo la muerte puso fin.

—¡Hijo!

Mis padres me abrazaron, y trataron de asegurarse de que estuviera completo y funcional. Se compadecieron de mis comisuras manchadas de sangre y mi nariz inflamada. Di unas explicaciones cortas, categóricas, copias de la historia de Javi: iba de regreso a casa, la noche anterior, y un automóvil me alcanzó. Unos tipos me obligaron a subir a punta de pistola. No pude verlos, porque me embutieron la cabeza en un costal. Hicieron preguntas sobre la muerte de Carlitos y la vida de Max. Como no supe o no pude contestarles, jugaron con la idea de despiezarme como a un pollo. Pero por la mañana, sin previo aviso, me soltaron. Mi madre vociferó majaderías terribles; mi padre lloró. Maldijeron a los Villaurrutia, al país entero, a la memoria de los antepasados de mis raptores. Maples había oído el alboroto y se asomó por la ventana para indagar. Lo dejaron pasar, y mi amigo me estrechó con fuerza de gorila. También me obligaron a llamar por teléfono a Raquelito, que estaba en la escuela, para asegurarle que todo estaba bien. Mientras, mis padres debatían si debíamos ir a la policía o avisar a los Villaurrutia, pero descartaron ambas opciones. La policía, como a cualquiera con dos dedos de sentido común, les parecía un nido de víboras; y los Villaurrutia, un grupo de animales. Me sirvieron un desayuno digno de un camionero: huevos revueltos con tortilla, un café enorme y varios panes untados con manteca. Comí a una velocidad sorprendente. El miedo consume reservas del cuerpo que la comida, hasta cierto punto, restablece. Mi padre, que a simple vista parecía un soldado de plomo, alto, firme y con bigotes de morsa, se había endulzado a un grado sobrenatural: llamó a la Gran Papelería Unión y me declaró enfermo para que no tuviera que salir. Y dio consejos a Maples para que le mintiera apropiadamente al gerente. Vaya escena de alegría. La nota de realidad la puso el abuelo. Seguía atento al noticiario. Y cuando desvió la mirada fue para pedir un favor:

—Dame *aguas* en vasito. No *frías*. No me gusta *frías*.

Me puse en pie para atenderlo. Cómo no.

Javi apareció por la tarde. Mis padres le refirieron la historia oficial de mi secuestro, pero mi amigo no creyó una palabra. No dejaba de observarme con atención, aunque hacía expresiones de sorpresa y asentía ante las disquisiciones de mis viejos sobre lo que pudo haber pasado por la mente de los criminales. Luego de un rato, decidimos salir al aire fresco del andador y caminamos al jardincito del fondo, con sus altozanos de terracería y escombro acumulados. Gabriela aguardaba allí, como si nos hubiera estado esperando. Era extraño, tanto como todo lo que estaba sucediendo, que se saltara un día de trabajo en el Ultramarina. Parecía embebida en la lectura de unos papeles, que metió a un bolso cuando llegamos. Dijo que eran poesías, apuntes, cosas que escribía y que no iba, por supuesto, a enseñarnos jamás. Cosas de *oscuritos*.

—¿No deberías estar en el trabajo?

—Me dieron el día. Les dije que tengo catarro. Como nunca falto, no hubo problema.

Su orgullo de niña bien portada seguía firme, a prueba de bombas. A Maples, cuyo instinto era pésimo para aparecer a la hora oportuna y en el lugar correcto, tuvimos que llamarlo por teléfono. Estaba en la Gran Papelería Unión, cumpliendo con su deber laboral. Le tomaría media hora alcanzarnos. Nos sentamos a esperar. No me atreví a preguntarle a Javi por su hermana. Luego de lo ocurrido, no era momento de hacerlo sin parecer un imbécil. Por suerte, reveló todo a la primera oportunidad.

—Adán tiene una pinche depresión de locos. Gina está cuidándolo.

Me dije que aquello era motivo suficiente para que Gina no intentara contactarme pese a que debía saber ya que había desaparecido y vuelto. Otro motivo, claro, era que le valiera rotundamente madres. Yo estaba ofendido y un poco decepcionado, la verdad. Me negué a contarles sobre mi propio secuestro hasta que no apareció Maples por ahí, al fin, con el polo profesional empapado en sudor. Suspiré. Mis amigos me observaban con curiosidad, como si estuviera por hacerles una serie de revelaciones tremendas, y yo no sabía ni cómo empezar la crónica. Pero mi situación, jodida y todo, no era la peor posible, me dije. ¿Cómo pudo Carlitos dormir sabiendo que sus videos existían? En pocas frases les narré lo sucedido: mi secuestro, la historia de Pablito Novo y los guantazos de Quico. Quedaron horrorizados, claro. Hicieron algunas preguntas, apenas las necesarias. Hasta donde podíamos ver, el caso se reducía a las maquinaciones de unas pocas personas: Max, el padre Novo, Gilberto, los tipos de la Tabacalera... y las fuerzas ignotas que los manejaban. Javi propuso destruir de inmediato el video de Carlitos. Le parecía vital borrar las huellas del horror que persiguió a nuestro amigo y acabó con su vida.

—Hay que borrar todo. Fuimos unos pendejos al verlo, siquiera. Es un peligro tener esa mierda con nosotros, ya se los dije. Si Pablito rompió el resto del archivo, esto se vuelve peor, todavía.

Asentimos, con cierta solemnidad. Maples, que tenía el material, fue a su casa, volvió y, frente a nosotros, rompió el disco. Gabriela suspiró cuando vio los pedazos desperdigados en la tierra, creo que con alivio. Los siguientes pasos a dar ya no eran tan claros. Discutimos de nuevo la posibilidad de acudir a la policía o la prensa y llegamos a la misma conclusión: no valía la pena. Nadie resolvería el caso y, en el peor de los casos, quedaríamos señalados como blancos para la venganza de cualquiera de los puercos con intereses en el puto porno que se sintiera afectado. Gabriela fue quien tuvo la siguiente idea.

—Hay que juntarlos a todos.

Maples bufó, desdeñoso, y Javi me miró con escepticismo. Pero Gaby ahondó:

—Piensen, pendejos. Llamamos a Max. Lo citamos en un lugar seguro, al menos para nosotros. Convocamos al padre Novo. Y que List le avise a Pablito. Y que se den.

Lo del «lugar seguro» no quedaba claro. Nadie querría que esa reunión se celebrara en su casa, pues no era imposible que aparecieran por allí una serie de asistentes inesperados, como las bestias que buscaban a Max. Yo no quería provocar un enfrentamiento cerca de donde vivía mi familia. Maples, por su lado, se opuso a llevar la reunión a la pizzería de Angostura. Era un terreno favorable para Max, dijo, y estaba rodeada por calles demasiado estrechas para huir. Pensé también que, a su manera, el tarado de mi amigo estaba protegiendo a Imelda, la mesera. ¿Maples mejoraba como persona? Sonaba utópico.

—¡El Alpes Suizos! —planteó Javi—. No el colegio, digo, sino el parque al otro lado de la calle.

Gaby asintió con convicción:

—Suena bien. Es un espacio abierto. Si los citamos de noche, no habrá gente. Se vacía después de las seis. Es el mejor lugar.

—Ése es el patio del padre Novo. Podría salir con cien curas y rodearnos —refunfuñó Maples—. ¿Creen que se perdonarán entre todos? Ni madres. Habrá bronca.

Reflexionamos. El escenario propuesto quedaba lejos de casa, y eso representaba un mérito mayor. El mundo podía ser espantoso, y yo no llevaría a los leones cerca de mi puerta. Cada minuto me convencía más de que valía la pena intentarlo. Estaba cansado de las muertes y el pánico. Carlitos no merecía lo que le pasó. Sin pensarlo otra vez, mandé el recado:

List:

Nos vemos a las ocho, en el parque

junto al Alpes Suizos. Irá Max.

Era el anzuelo perfecto.

—Ya lo cité.

—¿A quién?

—A Pablito.

—¿En el parque?

—Sí.

Gaby se mordió los labios. Maples sacudió la cabeza. Faltaban dos llamadas. No era fácil dar con el padre Novo. Marqué al conmutador del Alpes Suizos. Una mujer, quizá una recepcionista, respondió, y yo fingí candidez:

—Perdón. Iban a pasarme con el padre Novo y no sé por qué mandaron la llamada con usted.

La mujer era amable y no puso en duda mis embustes.

—No se preocupe. Lo comunico.

Pensé que me dejaría en espera, pero luego de unos momentos, respondió una voz conocida:

—Dígame.

—¿Padre? ¿Padre Novo?

—Sí. ¿Quién es?

Noté la repentina tensión.

—Max quiere verlo. Le dará el material. Lo verá esta noche, a las ocho, en el parque junto al colegio. Lleve a Gilberto.

El cura sopló en la bocina, furioso o intrigado.

—¿Quién llama?

—De parte de Max. Lo espera para la entrega —repetí, apresurado, y colgué.

Tuve que tomar aliento después del intercambio. El miedo al sacerdote me atenazaba aún, hasta por teléfono. Finalmente, llamé a Max. No respondió en tres intentos, pero tras unos mensajes alarmantes («Tengo tu material»), lo hizo. Reconoció mi número, claro, pero omitió los saludos:

—¿Qué te pasa, pinche vato? ¿Qué putas madres tienes?

—Tengo todo, cabrón. Y voy a dárselo al padre Novo si no vienes al parque junto al Alpes. A las ocho.

—Chinga tu madre. El pinche material se lo robaron a Carlitos y Hugo.

—¿Y quién crees que fue? Ya sabes que son videos de Carlitos y los niños del colegio. Eres un hijo de puta. Si no vienes, te entrego.

Max se puso a llorar. Ya no era el gorila dominante.

—Me van a chingar.

—Pues yo lo tengo, cabrón. Si lo quieres, ven. Y trae varo. Todo el que creas que vales, hijo de tu puta madre.

Corté la llamada. Respiré hondo. Mis amigos me contemplaban con admiración. Gabriela me puso la mano en el hombro.

—Mejor que se encuentren todos y salga la verdad.

Pero Maples estalló:

—¿Cuál verdad? No es una serie policiaca, pinche Gaby. Todos tienen culpas. Lo que deberíamos hacer es matarlos.

Javi soltó una risa, corta y despectiva. Nadie lo imitó.

Maples, envalentonado, balbuceó un plan para armarnos con bombas molotov, pistolas y machetes, cercar a los culpables en el parque y liquidarlos. Lo callé con un simple: «ya no mames, pinche Rambo», y se calmó. Acordamos reunirnos allí a las siete y media, con tiempo suficiente para preparar el escenario. Quisimos convencer a Gabriela de que no acudiera, pero ella nos miró como si fuéramos unos retardados.

—Y a ti ni se te ocurra llevar a Gina —advertí a Javi.

Ya no sé si, en el fondo, deseaba lo contrario: que la invitara. ¿Valía la pena exponerla al peligro, a cambio de la experiencia compartida? Pero mi amigo no era un pinche insensato. Jamás habría aceptado.

—No mames. Ni loco.

Disolvimos la reunión y volví a casa. No se trataba de jugar una partida de damas. Íbamos a reventar el tablero.

Once

Me encontré con Maples en la puerta de casa. Lucía bañado y listo. Yo echaba de menos la sudadera, como si fuera el uniforme de mi equipo de futbol y me hiciera falta para jugar el partido del año. Mi amigo llevaba encima una chamarra capaz de afrontar un clima polar, y en la cabeza, un gorro de lana. Creo que esperaba ser elogiado por su atuendo de francotirador, pero, en realidad, parecía el peón de una bodega. Se me ocurrieron varios chistes a su costa, pero no estaba de humor como para lanzárselos a la jeta. Caminamos al metro. Estábamos a cinco estaciones de distancia de la zona del Alpes Suizos y el viaje se hizo largo. Maples revisaba el celular. Yo me concentraba en las conversaciones, sin interés, de los viajeros a mi alrededor. Una avenida poco transitada nos acercó a nuestro destino. El parque lucía desierto, tal como había previsto Gabriela. Se veían las huellas de sus visitantes, sin embargo. Botellas de refresco, empaques, colillas, algún periódico botado en una banca. Maples y yo ocupamos unos columpios pequeños, para niños, y mi amigo encontró dificultades para acomodarse. Lo acusé de tener el culo grande y se ofendió. Discutimos. Gabriela, descubrimos entonces, nos miraba con pena ajena, a dos metros de distancia. Tenía puesta la ropa del trabajo y el cabello recogido; parecía una edecán. Faltaban unos minutos para las ocho y decidimos quedarnos allí, ocultos de la vista casual por unos matorrales, pero con «alcance visual completo», según unas palabras citadas por Maples y que provenían de alguna de las series policiacas que veía por televisión. Javi fue el siguiente en acudir a la cita. Venía solo, apresurado, con una chamarra que parecía coraza y que, hasta que lo tuve enfrente, tomé por chaleco antibalas. Las nubes tapaban la luna y sólo la línea de farolas, a lo largo de las aceras, ofrecía alguna luz, pero todo era negrura en el centro del parque, un prado rebosante de matorrales, rosas y unos naranjos sin injertar, a los que, nos contó Javi, les brotaban unas frutas amargas que habían sido utilizadas como armas arrojadizas por los alumnos del Alpes Suizos a lo largo de generaciones. El primero de los invitados especiales se hizo presente, entonces. Era el padre Novo, que sólo debía cruzar la calle para plantarse en el punto de encuentro. Llevaba ropas de cura y un alzacuello. Pese a las sombras, pude notar las ojeras profundas y las arrugas que cruzaban su frente y se le abrían en las comisuras de los ojos y la boca. Tras él, mustio y enorme, llegó el padre Gilberto. Ambos nos miraron y reconocieron sin alegría. Nos levantamos de los columpios y a Maples se le quedó atorado el trasero: en cualquier otro momento me hubiera reído muchísimo. Nos reunimos con los recién llegados. Novo sumió las manos en los bolsillos del pantalón y se encorvó, como ave a punto de dar un picotazo.

—Y bien, hijos, ¿qué es lo que piensan contarme esta vez?

Aquélla no era una voz comprensiva, sino un murmullo amenazador, como el que empleó alguna vez con Max, en el mercado. Lo conocía bien. A sus espaldas, Gilberto se hinchaba como sapo. Enmudecimos. Ni Maples ni yo teníamos experiencia en salir bien librados de ese tipo de charlas. Y qué decir de Javi, quien había sido llevado a rastras tantas veces a la Dirección del Alpes Suizos. Ante la cólera del cura, entornaba los ojos, como perro habituado a los chanclazos. Pero allí estaba Gabriela. Nuestra amiga dio dos pasos al frente y resopló como un boxeador antes de la campanada inicial del combate. Nos pertrechamos detrás suyo.

—Buenas noches, padre. ¿Recuerda la charla que tuvimos sobre el video? Pues citamos aquí a alguien que va a darle explicaciones. Y a pedirlas también.

Novo puso un gesto inolvidable: la boca contraída en un puchero, los ojos abiertos, las cejas apretadas. Gilberto, pese a su aspecto de tótem invencible, se amilanó.

—No sé qué explicaciones les debo —escupió el padre.

—¿A mí tampoco?

Era la voz de Pablito. Debió pasar unos minutos fisgando, detrás del árbol, antes de entrar a nuestro «alcance visual completo». Su temperamento dramático debía estar de fiesta ante la posibilidad de convertirse en el centro de atención. Pablito Novo era como la bola de luces de una discoteca. Y a su tío le temblaron las manos al encontrárselo.

—Sobrino… —murmuró sin afecto.

—Qué bueno que trajiste a este hijo de puta. —Pablito abrió fuego mirando a Gilberto con desprecio.

El padre volteó a su ayudante, quien lucía intimidado, pero quiso contraatacar.

—Respeto para tu confesor.

—Mi confesor, claro. Tipazo.

Retrocedieron ante el sarcasmo. Gilberto mantenía la cabeza obstinadamente gacha. A Novo se le había agitado la respiración. Dudaba. Pablito siguió de frente.

—¿No te contó que él sabía quién filmó a los chavos del colegio? Y que tenía sus tratos con Max. ¿Nunca lo pensaste? ¿Creías que era yo? Salí en algunos de los pinches videos, pero nunca quise venderlos. El que hizo negocio, y debe tener extorsionados a quince chavos del colegio, es tu pinche ayudante.

El padre Novo había dejado caer los brazos, lacio y a punto del desfallecimiento. Gilberto callaba.

—¿Sabes cómo se enteró de todo? Porque es confesor. Alguien le contó el pecadito de los videos… Y en vez de mandarlo a rezar avemarías, lo instruyó para grabar más. Y hubiera seguido por años, pero la cosa se puso fea, ¿no?

Los curas habían reculado hasta quedar con las

espaldas recargadas contra el tronco de un árbol. Pablito agitaba el dedo índice ante sus narices, como uno de los ángeles vengadores que ilustraban los catecismos. Maples, discretamente, grababa la escena con su teléfono.

—Fuiste tan pendejo, tío, que mandaste a hacer las indagaciones al que ya sabía todo.

Novo cerró los ojos, como si orara. Lo atravesó un rayo de resolución. Se incorporó, con las manos empuñadas y una mirada de cobra. Se habrá sentido traicionado, imagino. La ira contra su acólito se derramó por los aires.

—¿Otra vez, Gilberto? ¿Otra vez estas cosas? Te salvé, una vez te salvé. Y juraste que nunca más. No quiero que hables —agregó, interrumpiendo las palabras que ensayaba ya el gigantón—. Voy a regresarte al sur. Nunca debiste irte. El hermano Zárate dispondrá de ti...

Al oír ese nombre, que a ninguno de nosotros decía nada, Gilberto se desmoronó. Supuse que sería algún cura dedicado a castigar atrozmente a sus colegas pecadores. El gigantón se puso a gemir y llorar como escuincle. Novo, envalentonado, le cruzó la cara de un bofetón. Y cuando su antiguo vasallo rompió en gritos, le acertó otras tres o cuatro guantadas.

—¡Arrástrate, serpiente!

Gilberto cayó de rodillas.

—¡Vas a volver con el hermano Zárate! ¡Y que Dios se apiade de tu alma!

Tembloroso, extrajo un teléfono de su saco. Murmuró unas órdenes terminantes. Y como si hubiera mandado a abrir las puertas del infierno, cinco padres salieron al trote del Alpes Suizos y alcanzaron el parque. Rodearon al lloroso Gilberto, ese Luzbel de quinta categoría, y lo levantaron a jalones.

—Por favor... Esos muchachos eran el diablo... ¡Ellos querían! —clamaba él.

Novo lo miró con desprecio.

—Siempre echando culpas, Gilberto. Como con el dinero del orfanato...

Pablito no había movido un músculo mientras la caída se consumaba. Y no suavizó el gesto ni siquiera cuando la comitiva de curas y su prisionero se esfumaron tras las rejas del colegio.

—Le di una oportunidad... —se quejó Novo, sacudiendo la cabeza con desilusión.

Pablo escupió en el suelo. Yo me estremecí. Mi madre consideraba que un escupitajo era el mayor síntoma de la patanería humana.

—El material de esos puercos ya no existe. Destruí todo y espero que no queden copias. Max les prometió los archivos pero ya no los tiene. Carlos se los escondió, con ayuda de Hugo. Y prefirieron morir que entregarlos.

El padre Novo se persignó, aliviado.

—Bendito sea Dios, hijo. —Y agregó, eufórico—: Salvaste a muchachos buenos.

Pablo volvió a escupir. Y yo volví a asquearme.

—Ya no mames, tío. Y vete a la verga.

El cura se había largado. Pasamos un rato mudos, admirados de haberlo visto derrotado por su sobrino.

Pero el triunfalismo no duró. Reparé en ese momento en que faltaba el plato principal: Max no había acudido a la cita. Quizá estaba oculto, en espera de que todo acabara, me dije, o quizá seguía las acciones escondido en algún lugar de los alrededores. Recorrí el parque, lo busqué tras cada árbol, matorral y esquina. No había señales de él. Marqué su teléfono diez veces; jamás respondió. Mis amigos, entretanto, se arremolinaron en torno a Pablito Novo.

—¿No fue idea tuya?

—¿No tuviste nada que ver?

Rendido por el encuentro con su pariente, él respondía con negativas y monosílabos.

—Oigan, cabrones —los llamé, como una maestra a los niños que no dejan de platicar cuando suena la campana—. Max no vino. Falta él.

Mis palabras fueron recibidas con consternación. Maples se llevó la mano a los pantalones y marcó el número del puestero en el celular, aunque le advertí que ya lo había intentado. Tampoco obtuvo respuesta. Gabriela, ceñuda, se fue a espiar las bocacalles cercanas. Volvió en pocos minutos.

—Nos mintió —dijo, furiosa—. O está haciéndose pendejo…

Sonó un teléfono. Era de Pablo. Él respondió y cortó abruptamente.

—Agarraron a Max. Lo tienen en la Tabacalera, en una bodega de piratería.

—Vamos contigo —estableció Gaby—. Y ojalá que no empeoremos las cosas…

Pablo no discutió. Corrió hacia un automóvil negro, el mismo en el que Quico me había arrebatado de la calle hacía tan poco, y lo encendió. Javi y Maples me miraron con vacilación, como si esperaran que los guiara. Me preocupé, claro. La Tabacalera eran palabras mayores y no parecía la mejor idea posible lanzarse de cabeza a sus peligros. Pensé que Carlitos estaba muerto y que incluso desentrañar aquel lío no lo traería de vuelta. Pensé en que mi abuelo había logrado huir de Viena para encontrar un santuario al otro lado del mar y ahora mi país, ese refugio, era una cueva de bandidos. Me decidí. Debíamos hacer algo. Les indiqué a mis amigos para que me siguieran. Nos acomodamos todos en los asientos del automóvil de Novo, Gaby adelante y nosotros atrás. Mientras subía al auto, busqué inconscientemente los puños de la sudadera robada. No la tenía conmigo. Iría a la batalla sin amuleto. Emprendimos el camino. Ir en aquel puto vehículo, descubrí, me evocaba memorias de Quico y el secuestro y me sofoqué. A nadie pareció importarle más que a Gabriela.

—¿Estás bien? —susurró.

Negué con la cabeza, mis uñas clavándose en la tapicería. Maples, superadas las dudas y excitado ante la caza en curso, asomaba por la ventanilla como un perro. Javi, abrumado, aferraba el teléfono en las manos, pero ni lo consultaba ni marcaba a ninguna parte. Al fin se decidió y tecleó un veloz mensaje para Gina. Había otros allí: al parecer, la mantenía al tanto de nuestros movimientos. A lo largo de la ruta, que no fue breve y nos llevó a través de calles oscuras y anchas, a veces repletas de tráfico y otras vacías, siguió con sus comunicaciones. Actualiza nuestra posición, observé, con el lenguaje falsamente profesional que Maples aprendía de las series. Al fin, luego de unas vueltas, reconocí las callejuelas de la colonia Tabacalera: casitas sin estacionamiento, ahogadas en grafiti, botes de basura desbordados, gatos y ratas disputándose los restos. Pasamos frente al Bar Bosque (Madura Variedad) y avanzamos, cada vez más cercanos al corazón del barrio. Las casas y locales cedieron el paso a enrejados, muros y portones de lámina industrial. El aire olía a orina, a soldadura. Nos detuvimos en una intersección. Pablo apagó el automóvil. Un perro escarbaba la tierra rojiza cerca de una cortina metálica, como si esperara encontrar algo descompuesto que llevarse al hocico. Quico ya estaba allí y salió de las sombras, sudoroso y tenso, con el rostro húmedo y el cabello, en mechones. Pablo se preparaba a salir del auto, pero Quico lo contuvo.

—Se puso cabrona la cosa. Ahí tienen a Max.

Volteamos al lugar que señalaba con el dedo: el umbral de una cortina metálica que parecía conectar con una nave industrial. No había indicios de acción: ni automóviles, ni un sonido. Quico resollaba.

—Se me perdió por los andadores. Lo pescaron al salir a la avenida. Me dio culo, pero alcancé a seguirlos desde el mercado y aquí acabamos...

Pablito volteó a vernos con la expresión pálida de quien sabe que su plan se ha ido al carajo. Quico prosiguió el relato.

—Eran ocho tipos. Llegaron aquí en dos autos. Al

Max lo llevaban encañonado. Estuvieron un rato metidos allí. Hace como media hora se fueron siete, sin Max. Me acerqué y oí gritos y balazos. Ya no ha salido nadie más.

Pablo, con la quijada apretada, desplazó de en medio a Quico, que le doblaba el ancho pero se dejó apartar. Los demás bajamos del automóvil con torpeza, acalambrados. Javi era el menos convencido de ir, pero no quiso dejarnos solos y nos siguió, luego de mandar un último mensaje a su hermana. Era un amigo leal, pensé. Podría haber elegido quedarse en su mansión con alberca pero estaba allí, con nosotros. La marcha hacia lo desconocido la cerró Quico, que maldecía por lo bajo.

—A ver si no nos joden a todos, por andarle haciendo a los detectives —me dijo.

Doce

La puerta conducía a un corredor largo y desierto. Al fondo, resplandecía el cuadrilátero púrpura de un neón cazamoscas. Dos o tres bichos se habían acercado demasiado y sus cuerpos seguían adheridos a los tubos de la trampa. El pasaje, en ese punto, se convertía en una T: a la derecha e izquierda se abrían dos corredores más. En el primero, la luz de otro cazamoscas daba perspectiva y visibilidad. El segundo estaba a oscuras. Decidimos ir por separado, luego de acordar que nos daríamos aviso por mensaje de lo que ocurriera. Quico, Pablo y Gabriela eligieron el corredor de la izquierda y su incógnita, mientras que Javi, Maples y yo nos aventuramos por el pasillo iluminado, a la derecha. Nuestros pies resonaban, aunque tratábamos de no hacer ruido. Se escuchaban las aspas de unos ventiladores industriales, chirriantes y perezosos, encendidos a la mínima velocidad. Tras unos veinte metros de avance, Javi pegó un chillido. A nuestros pies había sangre. Un charco rojo marcaba el límite en que la indecisa luz del corredor desembocaba en una estancia amplia y clara. Ahí se fue a la mierda la discreción. Brincamos de regreso al pasillo. Maples, con manos trémulas, quiso marcar el número de Gaby. No pudo. Volvió a intentarlo, con desesperación.

—No hay recepción, puta madre. ¡No jala esta mierda!

La luz del cazamoscas daba cuenta de su pánico. Mi vecino se alejó, pasillo abajo, en busca de señal. Lo perdimos de vista, pero no nos atrevimos a seguirlo. Fue entonces que oímos la voz. Primero una expectoración, como si alguien necesitara fuerzas para sacarse las palabras de la garganta. Luego, la frase.

—¿Muy pinches hombrecitos? ¡Acá estoy!

Javi y yo obedecimos y, dándole la vuelta al charco de sangre, nos dirigimos en su busca. Lo primero que advertimos, al entrar al espacio iluminado, fue un cadáver en mitad del suelo. El hombre, con la cara ennegrecida por un balazo, yacía bocarriba, brazos en cruz, una huella oscura de orina en el pantalón. Quizá recibió el tiro al entrar y alcanzó a dar unos pasos antes de hundirse en la nada. La habitación era cuadrangular, sin adornos. Una gran máquina llena de engranes y rodillos dominaba la vista, era una de esas en las que grababan cientos de discos piratas. Rodeamos el cuerpo. Era imposible que aquella carroña hubiera podido dirigirnos la palabra. No. Había sido la voz de Max. Al vernos allí, el mayor de los Villaurrutia salió de su escondite, tras la maquinaria, y nos enfrentó. Llevaba un revólver en la mano. Con aquella arma, supe de inmediato, había suprimido al otro. Max tenía la nariz hecha un guiñapo y la boca batida en sangre. Y, pese a todo, sonreía.

—De rodillas, putitos.

Dudamos, pero no quedó más remedio que obedecer.

—Me ahorraron el viaje a buscarlos…

En su vientre latía una herida. De la cintura para abajo, el derrame de sangre manchaba sus muslos y alcanzaba los pies. Estaba moribundo. Se dio cuenta de que le mirábamos la llaga y, pudoroso o furibundo, nos apuntó. Javi, con las manos en alto, lloraba. Yo, babeante de miedo, no fui capaz de argüir una sola palabra en nuestra defensa. Max hizo oscilar el arma. El cañón nos señalaba: ora a uno, ora al otro.

—¿Muy chingoncitos, pendejos? Me robaron y querían venderme mi mercancía…

Cuando le apuntan un arma, la cabeza se le llena a uno de pensamientos simultáneos, que rebullen como sopa. El llanto de la familia, la cara del padre, Gina, el último día de vida de Carlitos y lo que debió pensar mientras se le acercaba el tipo que lo mató. El disparo nos hizo aullar. Recuerdo haber caído al suelo sin interponer las manos y haberme golpeado la boca, como esos bebés que tropiezan desde su propia altura. Javi berreaba. Pero Maples, descubrí al abrir los ojos, estaba en control pleno de la situación. Le apuntaba a Max, quien había caído de costado y, con trabajos, trataba de incorporarse, apoyándose contra el muro. El muslo izquierdo del puestero tenía un boquete negro. Maples nos había salvado. Lo abracé como si hubiera anotado el gol ganador de un mundial.

—De dónde vergas sacaste la pistola… —dije, sin resuello.

La cara de Maples era un lienzo escarlata; una vena le latía en la sien.

—La vi, tirada en el pasillo. Afuera. Creo que era del muerto.

El aire abandonaba los silbantes pulmones de Max, quien se debatía de espaldas a la pared, las manos sobre el vientre roto. El disparo sirvió de alarma, y Quico, Pablito y Gaby aparecieron por la puerta. Se sobresaltaron ante la carnicería. Pablito fue el primero en reponerse y, ágil, se acuclilló junto a Max. El mayor de los Villaurrutia quiso hablarle, pero sólo salieron burbujas de su boca. Tomó aliento; volvió a intentarlo.

—Me… Me dejaron por muerto —dijo—. Un cabrón se quedó a limpiar. Pero fui más pinche listo… le salté encima. Y me lo chingué.

—¿Quiénes son? —pregunté, no sé si cándidamente.

Los ojos de Max se abrían y cerraban, renuentes al desenlace.

—Les vendí un material. Lo compraron todo por unas pinches fotos de prueba que tenía. Iba a ser un lote de oro…. Con esa lana salía de broncas… De las apuestas…

El aliento se le terminaba. Hizo un esfuerzo más.

—Pero Carlos y Hugo me chingaron. Escondieron el material y tuve que retrasar la entrega. Nos amenazaron. La cagamos con gente con la que no puedes cagarla…

Estos güeyes son los dueños de todo. De todo. No tienen idea ustedes. Son los jefes.

—Destruimos tu pinche material —le dijo Pablo—. No queda ni una foto.

Max estaba más pálido que un filete en hielo. Nuestras mil dudas, pensé, nunca iban a ser resueltas.

—Llamen a la ambulancia —propuso, esperanzando.

—Estás pendejo —respondió Pablo, con aspereza.

Max asintió, rendido. No sé si aún habría sido momento de pedir ayuda. Terminó por resignarse, creo, y cerró los ojos; aún respiraba cuando nos reunimos junto a su cuerpo. Quico miraba su reloj de pulsera. Gabriela ayudó a Javi a ponerse en pie. Maples, con una mirada pensativa que rara vez le había visto, fue el primero en salir. Los demás siguieron su ejemplo y se alejaron por el corredor a medio iluminar. La única en volverse hacia atrás fue Gaby, quien, estorbada por el brazo de Javier, me miró con un gesto de duda que no supe interpretar. Seguro habría preferido que actuáramos de una manera más humana. Pero las cosas habían llegado a un punto en que era imposible portarse bien. Max jadeaba. Pablo le dio un bofetón y consiguió que lo atendiera por última vez.

—¿Obligaste a Carlos a grabarse?

Al puestero se le iba la vida, pero entendió la pregunta. Cerró los ojos.

—Yo le hice todo a Carlitos. De todo. Yo fui.

Pablo y yo no tuvimos que ponernos de acuerdo. Quiero creer que, cuando comenzamos a patearlo, el hijo de puta estaba vivo aún.

Salimos a la noche. Me dolían las piernas, de miedo y cansancio, y mis tenis estaban manchados de sangre. Encontramos a los demás en la calle. Pablito resoplaba y Quico le sacudió la chamarra con abnegación. El sobrino del padre Novo debía sentirse como esos presos que, una vez liberados, no saben si el mundo sigue girando en el sentido que lo hacía. Si la razón de su vida, como juró, era vengar a Carlitos, no le quedaba más por hacer. En el cielo despuntaban las estrellas.

—Hay que largarnos —le dijo Quico, curiosamente lento, como si hablara con un niño—. Y tú tienes que irte lejos, a la chingada...

Pablito Novo parecía diez años más viejo. Su arrogancia se había esfumado: sólo quedaba un tipo con las últimas gotas de infancia desalojadas de la voz.

—Sí. A la mierda —dijo.

Me llamó a su lado y extendió el teléfono de Carlitos hacia mí: un aparato simple, con la pantalla opaca por los manoseos. Preguntó si lo quería. Negué con la cabeza.

—Quédatelo —dije.

—Tampoco lo quiero, no mames.

—Tíralo.

Lo miró con pena. Era una reliquia dolorosa, uno de los últimos recuerdos de nuestro amigo. Al fin, lo dejó caer al suelo y lo pisó quince o veinte veces, hasta quebrarlo. Empujó luego los restos a una coladera abierta. Así terminó aquel telefonito infernal, luego de pasar por tantas manos. Quico encendió el motor del automóvil. El aire olía a aceite.

—Mañana le marcamos a la policía —prometió.

Pero faltaba algo más y Pablito lo sabía. Se quitó la sudadera negra de encima. Su pecho desnudo, al aire, parecía el de un pollo desplumado. Me la ofreció y la tomé sin dudarlo. Trastabillante y pálido, el sobrino del padre Novo subió a su automóvil. El motor rugió y Quico y él se perdieron por la noche. La sudadera olía a cigarro. La contemplé, asombrado de que hubiera vuelto a mis manos. Javi, recargado contra el muro, hablaba por teléfono. Gaby y Maples se acercaron.

—Vámonos —dijo ella, apenas recobrada—. No sabemos si ya viene la policía...

—O los pinches asesinos —agregó Maples, con pánico de sobreviviente.

Un vehículo dio vuelta a la esquina en aquel preciso momento y se acercó a nosotros, rechinando en el asfalto. Javi corrió hacia sus luces, como polilla atraída por un foco.

—¡Acá estamos!

La camioneta dio un frenazo. Adán, recargado en el volante, nos miraba con preocupación. En el asiento del copiloto viajaba Gina, con sus ojos enormes y dubitativos.

—¡Súbanse! —ordenó el tío.

Pocas veces me he sentido tan aliviado. La táctica de Javi de mantener informados a sus parientes resultó, a fin de cuentas, un éxito. Nos apeñuscamos cuatro en un espacio para tres, y Gaby, melindrosa, se sentó en las piernas de Javi. Sonreí discretamente; ella me sacó la lengua. Nos alejamos a buena velocidad. Adán no pidió detalles de lo que acababa de ocurrir. Gina se encaramó al asiento, mirándonos, e hizo una serie de cuchicheos que significaban algo como «Adán no sabe, no lo espanten». Cada segundo nos remachaba en el cuerpo el horror que habíamos presenciado y, sobre todo, el que pudo llegar a abatirse sobre nosotros. Temblábamos. El automóvil también.

—¡Agárrense! —gritó el tío, al dar una vuelta que resultó demasiado cerrada.

Nos revolvimos en el asiento. A Gabriela, montada en las rodillas de Javi, le brotó un pequeño gemido equívoco de los labios. Maples hizo una malinterpretación instantánea y una risita, que quiso convertir en tos, le sacudió el pecho. Nos pusimos a reír como idiotas. Gabriela sacudió la cabeza, pero sonreía. Javi, pálido, le hundió la cara en la espalda a nuestra vecina. La abrazaba. Seguíamos vivos y habíamos recuperado el aire, la luna y hasta la más preciosa libertad: la de la burla.

—Ya me tienen hasta la madre —dijo Adán, metido en sus pensamientos, cuando nos acercábamos a nuestro barrio—. Mañana me voy a mi casa de la playa.

Trece

La radio anunció el descubrimiento de los cuerpos de Max y su víctima a primera hora. Quico debió madrugar; quizá no durmió siquiera. Supuse que había llevado a Pablo al aeropuerto, con maletita y pasaporte, y esperó a saberlo en los aires, camino a Estados Unidos o la Patagonia, antes de marcar el número de la policía. Junto con el descubrimiento de los cadáveres, se informó del incendio de la bodega de piratería en la colonia Tabacalera. Se desató de improviso, dijeron, y convirtió en cenizas el lugar. Los culpables habían decidido esfumarse y no dejar huella, pensé. Y quedarían impunes: habían ganado. La rabia me agarrotó la mandíbula. Así era la realidad. No había modo de que perdieran. Aquella gente estaba en las fuerzas políticas y los negocios, eran los beneficiarios de todas las ganancias. Tenían nuestro mundito en las manos y lo sabían. Sus empleados podían caer, sus socios y clientes podían ser abatidos, pero ellos seguirían allí. Y también sus hijos y sus putos nietos. Eran los dueños del país. Me senté en la cama. Ya era tarde. Mis padres habían fingido indiferencia cuando regresé, pero noté que estaban sentados con el teléfono al alcance de la mano, listos para cualquier urgencia. El abuelo me pidió agua, como siempre, y cuando le entregué el vaso, me tomó la mano y la apretó, como si supiera de algún modo lo que había estado a punto de sucederme. Su piel era lisa como un plato de porcelana. Le di un abrazo y él se esforzó por devolverlo. Nunca, que yo recordara, había hecho algo así. Mis padres se miraron, sorprendidos. El abuelo jamás hablaba de su escape de Viena. Mi aventura no podía compararse con la suya, pero creí entenderlo. A veces lo mejor es cerrar la boca. Las palabras no curan, sólo retratan. La luna proyectaba una línea blanca a lo largo de mi habitación. Me quité los tenis y la camisa. No tenía fuerzas para buscarme un pijama. En la ventana de los Maples, una silueta de mujer paseaba. El mundo, en suma, seguía su rumbo, con nuestras preocupaciones o sin ellas. Era un mecanismo enorme, que machacaba cada piedrita que se atrevía a colarse entre sus engranajes. Alguna vez, luego de un partido especialmente duro, dormí doce horas consecutivas. Aquella noche rompí todas las marcas.

Una fachada de piedra enmarcaba el portón de madera finísima de la casa de los O'Gorman. La enredadera la cubría casi por completo: sólo un boquete en el enramado demostraba que los autos de la familia no se detenían ante nada para entrar y salir de aquel paraíso. El intercomunicador era el único aparatejo que rompía la ilusión de vestigio medieval en las sombras de la noche temprana. Apreté el botón. Respondió la voz de una empleada. No: el joven Javier estaba dormido, tenía una gripa muy fuerte. «¿Quiere hablar con su mamá?» Yo deseaba algo muy distinto.

—¿Está la señorita Gina?

El bufido golpeó el comunicador.

—Espéreme.

Me quedé allí, sin temblar. Había pasado por tantas cosas que no me preocupaba ser echado por un guarura del tamaño de un congelador industrial. A esas horas, Adán estaría en la playa, llenándose el buche de ginebra. Maples andaría en casa, y miraría cualquier asquerosidad en su computadora. Y Javi dormiría quince horas o más: que le pusieran una pistola en la cabeza a uno debería ser motivo para pasarse en cama al menos un mes. A mí me habían hecho lo mismo, pero yo estaba hecho de una pasta distinta, me dije, y por eso me había presentado allí: para arriesgarlo todo. Gina me miró desde la puertecita lateral, la que sus parientes llamaban «de servicio». Me di cuenta de que trataba de no llamar la atención. Caminamos a la sombra que se formaba entre el portón principal y los árboles, a salvo de la burbuja de luz de la farola. Era tan alta como yo.

—¿Cómo está tu hermano?

—Bien. Durmió todo el día —dijo, con voz melosa—. Lo salvaste.

No era momento de hacer matices y resaltar a Maples como el verdadero salvador. A fin de cuentas, de algún modo, nos habíamos salvado entre los amigos. Gina me apretó contra el muro y nos besamos. Duró, aquello, unos segundos nada más. Perdí el aliento. Cuando nos separamos, ella dio un paso al costado. Brillaba más que la farola.

—Tengo que irme.

Hice un gesto de desamparo.

—Estoy haciendo tarea —se justificó, rascándose la cabeza.

Avanzó a la puertita lateral y, tras darme una última mirada, se perdió en la casa. Pateé el muro y quebré una ramita de enredadera. Caminé a la estación de metro de mala gana; arrastré los pies por la calle y sus baches interminables. En la estación, unas afanadoras pasaban los trapeadores por el mosaico y canturreaban, felices. Me pusieron de un humor pésimo. Apenas había gente en el vagón. Una parejita de veinteañeros se manoseaba en los asientos finales y, lejos de ellos, una mujer con el cabello pintado de rojo leía un volumen de aspecto doctoral: *La consolación por la filosofía*. Quizá, pensé, sería uno de esos libros de autosuperación, como los que mi madre compraba para apilarlos en el estante junto al baño y jamás abría. O quizá se trataba de algo académico, que las personas inteligentes comprenderían con esfuerzo y yo, que era un papelero, no estaría en condiciones de valorar. Decidí que lo buscaría en las librerías de segunda mano del centro. Podía recurrir a Gaby y la biblioteca del Alpes Suizos, claro, pero eso sería tanto como confesarme ante ella, y no tenía ganas de confesiones. Lo que quería era volver con Gina al muro y la sombra. Pero ella jamás podría pasar de ese sitio con un «asociado» de la Gran Papelería Unión, como yo. ¿Me presentaría ante sus padres como un novio o lo que fuera, si sólo me conocían como el amiguito pobre de Javi? ¿Qué dirían sus compañeras, tan bellas y seguras de sus brillantes futuros, si salía con un tipo así? Mi cabeza lanzaba preguntas como las que haría Gabriela: ¿y por qué carajos eso iba a importar? No se trataba de casarnos: estábamos al borde de las vacaciones escolares. Ya tendría que elegir entre volver a hacer trámites a la universidad, o pagarme alguna escuela técnica con mi salario y lo que mis padres pudieran donarme. Trenzada en su abrazo, la parejita no se dio cuenta de que se habían pasado de estación. Tuvieron que bajar en la mía. Avanzamos juntos un trecho, pero ellos se detuvieron en el pasillo para seguir besuqueándose. Los envidié, pero no demasiado: aún sentía el roce de Gina en la boca. Emprendí el camino que me llevaría a los viejos andadores, pero sorteé el mercado Comonfort y eludí la cuchilla de la calle Angostura. Las vías habituales eran molestas, ahora. Tendría que pisar nuevas calles y andar otros pasos.

La casa de los Villaurrutia estaba de luto. Una colección de coronas de flores, remitidas por los puesteros del mercado, se apretujaban ante la puerta. Serenos, pero doblegados por el horror, los padres de Carlitos recibían abrazos y pésames en la sala. Los custodiaban unos pocos vecinos y los chismosos del barrio. El cuerpo de Max estaba en poder de la policía, aún, y tardarían semanas en entregárselos (y, aún entonces, no hubo funeral: les devolvieron las cenizas en una cajita, sin que llegara a nada la investigación). Pocas cosas resultaban tan grotescas como un velorio sin cuerpo y allí no lo había. Los zopilotes se debatían en torno de unos dolientes muy solos. Los Villaurrutia habían perdido a sus hijos. ¿Quién podría convencerlos de que la vida no había sido un largo error? Mis padres habían pasado temprano por allí, pero apenas se quedaron unos minutos. Las que estaban bien instaladas eran la madre y tía de Maples, enlutadas y parlanchinas, ingiriendo café con rostros impenetrables. Presenté mis respetos a la familia, tomé las manos de los padres de Carlitos, frías como el sufrimiento, y murmuré cualquier cosa. No sentía la muerte de Max ni compartía su pena. Estaba del lado de los asesinos, esta vez. Salí lo más deprisa que pude. Afuera, al final de la línea de los vecinos que esperaban ofrecer sus condolencias, estaba Gaby. Iba de negro, y no con ropas de *oscurita*, sino con un vestido largo y suelto. Parecía otra persona. Ojerosa, cortante, con la mirada huidiza. Caminamos a los jardines del fondo, solitarios y polvorientos como siempre. Las paredes estaban cubiertas de churretes negros, percudidas por viejas lluvias. El escombro llevaría centurias allí. Con razón, me dije, nadie más que nosotros visitaba ese lugar. Gaby suspiró.

—¿Se acabaron los mensajes?

Un pájaro revoloteó en torno al árbol seco.

—Sí. Ya no ha caído ninguno.

Ella asintió con lentitud.

—Entonces ya estás en paz.

—No sé.

—Importa eso, porque todo comenzó por los mensajes.

Nos sentamos en la orilla de una jardinera. A Gabriela se le habían terminado las energías. Era una buena oportunidad para joderla. Sólo un poco, entre amigos.

—Me recuerdas a mi tía monja, Gabriela —le dije—. Y la verdad es que no sé cómo es que Carlitos te aguantaba.

Reímos a la vez, como una olla desbordada que cubriera toda la estufa con gotitas de aceite.

—Quién sabe cómo —reconoció ella.

Me quité la sudadera negra y se la puse en los hombros. No la rechazó. Era mejor que se la quedara: ella la había elegido antes que nadie. Agradeció dándome un débil puñetazo en el hombro. Acarició el tejido antes de ponérsela.

—A veces lo extraño —dijo.

No respondí. Qué podría haber dicho. Sopló un ventarrón y debimos cerrar los ojos para que no se nos llenaran de tierra. Luego miramos las sombras de la noche deslizarse por los andadores.

Maples me esperaba en la puerta de casa. Se le veía exaltado: daba pasos sin sentido a un lado y otro. Había crecido, o eso me pareció. Lo vi más alto que de costumbre, la quijada más cuadrada, los hombros anchos. Mi amigo señaló una bolsa con cervezas estacionada en sus pies.

—¿Una chelita?

Nos sentamos en la sala de su casa, un espacio minúsculo y familiar, con muebles pasados de moda y paredes cubiertas por fotografías de Maples bebé, infante y adulto, del brazo de su madre y su tía. Mi amigo se bebió dos cervezas a la velocidad de un automóvil en fuga antes de arrancar con su confesión.

—¿Sabes algo del amor?

Era una pregunta inepta. Podría haber respondido cualquier cosa y sería verdad. Maples debe haberlo entendido y manoteó en el aire para borrar su frase.

—Hace tiempo que me veo con Imelda.

Me quedé de piedra. Mientras la indagación sobre la muerte de Carlitos se tornaba cada vez más densa y espantosa, el vecino se había dado tiempo de ligar. No me privó de la historia de su romance, que era ejemplarmente zonza y, más que brillantez, mostraba su persistencia y buena fortuna. Maples comenzó por presentarse cada día en las pizzas. Max se había esfumado del sitio cuando el cerco de los tipos de la Tabacalera se cerró en torno suyo. Y la buena de Imelda resintió la separación. Tenían algo, ellos: eso lo sabía cualquiera que hubiera pasado más de cinco minutos allí. Durante días, mi amigo la vio llamarlo por teléfono y esperarlo en el quicio de la puerta del local. Pero Max no aparecía. La chica se quejó: el mayor de los Villaurrutia no la apreciaba, dijo. Y una noche refirió que se había presentado horas antes un tipo vestido de cura, que hizo toda clase de preguntas sobre los negocios de Max. Ella se negó a hablar y Gilberto, el atacante, lanzó amenazas muy concretas sobre la integridad de sus dientes. Luego, poco a poco, llegaron las mujeres a la pizzería para pedir novedades sobre Max. La vendedora de jugos del mercado. La hija de los dueños de la refaccionaria. La esposa de un mecánico del barrio que se había marchado a Estados Unidos, años atrás, dejándola con dos niños y una hipoteca. Una morena con pantalones entallados, a la que Imelda nunca había visto antes… En fin: todas preguntaban, tras pasar la vista por el local y sus carteles, por el paradero del vendedor de piratería, y le dejaban recados que iban de lo seductor a lo alarmante. Y todas, tarde o temprano, mencionaban el dinero…

—Imelda aclaraba que Max sólo era un cliente. Pero ellas volvían —narró Maples.

Las mujeres le hacían confesiones. A la muchacha de los jugos, Max le había prometido llevarla a la playa. Y le debía miles de pesos en equipo a la chica de la refaccionaria, que ella no sabía cómo justificar ante sus padres. La esposa del mecánico necesitaba un préstamo con urgencia. La mujer de los pantalones entallados estaba segura de que ella y Max se casarían… Imelda pasó de la preocupación al miedo, el fastidio y la cólera. Maples no se había atrevido a preguntarle, pero era claro que algo le habían prometido a ella también. Max se asomó una noche, al fin, la víspera de que se produjera el episodio final en la Tabacalera.

La pizzería estaba por cerrar, se habían marchado los clientes, salvo Maples, y el cocinero. Max pidió un trago. Imelda le rezó un rosario de injurias y al tarado no se le ocurrió mejor idea que echarla al suelo de un revés y largarse. Era, a fin de cuentas, un machito de mercado. Maples corrió a socorrer a su nueva amiga. La ayudó a ponerse en pie y la llevó a su mesa. Imelda lloró y se dijo a sí misma pendeja, idiota, arrastrada… Se empinó la cerveza de Maples. Y al tercer trago, despechada, se puso a besarlo. Detuve a mi vecino en ese punto del relato.

—Te metiste con una de las chicas de Max… A la que apenas conoces. Estás bien pendejo, Maples. Neta.

Mi amigo destapó otra cerveza.

—Estoy pendejo pero por ella y me vale madre todo. Deberías felicitarme…

Guardamos silencio por un rato. Maples esperaba mi aplauso. Pero qué sentido tiene la amistad si no torturas a tus camaradas.

—Pobre morra —concluí—. ¿Andar contigo? Algunos, de plano, nacen nomás para estar jodidos.

Reí un segundo antes de que Maples me arrojara su lata y me empapara la playera y los pantalones. Seguía riendo mientras mi amigo trapeaba y recogía el desastre, destapaba otra cerveza y volvía a su sillón.

—¿Para eso te cuenta uno, cabrón, para que te burles? Por eso Carlitos no confiaba en ti.

Quizá ahora era más digno de confianza, pensé. Pero no se lo dije.

Mi habitación, inusualmente en orden, parecía la de otro. Esa ropa bien doblada, esos zapatos alineados, la cortina que lamía el suelo sin la interrupción de un amontonamiento de cuadernos... Abrí la ventana: el andador se mantenía en silencio. Las luces de los Maples estaban apagadas; mi amigo se había marchado a ver a Imelda y las señoras de la casa no habrían vuelto aún del funeral. Escuché una chicharra. Nunca, en los años de vivir allí, había percibido su canto desde mi habitación. La computadora estaba encendida, pero la ignoré. Me dejé estar en la cama, agarrotado por un cansancio suave, como el que nos ataca tras pasar el día en la alberca o el mar. El agotamiento de quien no tiene preocupación, una resbaladilla que nos hunde en el sueño. Tallé mis pies en la sábana. Removí los dedos, dos, tres veces. Estaba vivo. Mis manos podían tocar mi nariz, rascar mi nuca o entrelazarse; los brazos, apretarse y aflojar. Seguía vivo. Respiraba. Apagué la luz. El ojo azul del monitor daba el único toque de acción. ¿No había cerrado la computadora? Cerré los ojos. No albergaba dudas ni tampoco esperanzas. Era un estado agradable, la mente en blanco. ¿Eso tendría Maples en la cabeza? ¿Nada? Pero parte de mi tranquilidad diaria consistía en que mi amigo estuviera al otro lado del andador, en su recámara, y roncara, aún con la cabeza vacía. Debo haberme dormido. Reaccioné al tercer campanillazo, pero abrir los ojos fue un esfuerzo colosal. La ventana de un mensaje parpadeaba en la máquina. ¿A esa hora? Javi estaría noqueado de cansancio y Gina no se atrevería a dirigirme la palabra, de momento, luego de nuestro desliz. Gaby y yo habíamos hecho las paces, pero los chats no eran su estilo. Pablito debía estar lejos, resultaba muy improbable que quisiera comunicarse conmigo. No nos caíamos bien. La pantalla me pareció más grande y brillante que nunca.

Carlos dice:
List.

List dice:
Hola.

Mi cerebro no daba para más. Hugo estaba muerto y Max también. Pablo juró no hacerse pasar por Carlos nunca más. Y ellos, sin duda, habían sido los autores de los mensajes. ¿No?

List dice:
Qué tal.

Carlos dice:
Ya se terminó.

List dice:
Sí. Creo que sí.

Debí preguntarle sobre el inframundo, el cielo, infierno o limbo en donde tenía una máquina y ganas de charlar. O debí preguntar sobre el castigo divino, si tal cosa existía, que se abatiría sobre Max, o el que aguardaría a Gilberto algún día. Pero me resistía: nunca supe creer. Ése no podía ni debía ser Carlitos. Ya había sido estafado antes, no quería serlo de nuevo. Tenía que ser Pablito, me dije, jugando otra vez.

Carlos dice:
No soy Pablo.

List dice:
¿Estás seguro?

Era una pregunta idiota. Por eso la respondió.

Carlos dice:
Jajaja. Sí.

List dice:
No sé qué decir.

Carlos dice:
Ni yo.

List dice:
…

Carlos dice:
No crees que sea Carlos, ¿verdad?

List dice:
No puedo.

Al contrario de lo que pasaría con cualquier ventana común, las palabras, más que ser escritas, parecían brotar en la pantalla.

Carlos dice:

No te preocupes. No voy a aparecerme.

List dice:

No. Por favor.

Me dolía la espalda como si me hubieran aporreado con una plancha ardiente. Ardía. Entendí que el remitente no era Pablo, haciéndose el chistoso a la distancia.

Carlos dice:

¿Ya te convenciste?

El mensaje me provocó un mareo atroz. Tosí. No tenía fuerzas para aterrarme.

Carlos dice:

Estás dormido.

List dice:

Cuídate.

Carlos dice:

Jajaja. ¡Cuídate tú! Gina te va a llamar.

List dice:
¿Es real?

Necesitaba saberlo.

Carlos dice:
Descansa.

Me rebasó una especie de tristeza, una nata de pasado y presente mal revueltos.

Carlos dice:
No estés triste. Adiós.

No seas Carlos, pensé. No hagas esto. No puedo con esto.

List dice:
Adiós.

La espalda me torturaba. Apreté los ojos. Creí despertar o volví a dormir. No sé si se trató de una pesadilla o una alucinación provocada por el cansancio, las cervezas, las puras ganas de hablar con mi amigo a través de esa oscuridad que para nadie vuelve a abrirse. El remolino de pensamientos se disolvió en un sueño negro. Dormí hasta bien entrada la mañana. Me sentí fresco al despertar. Pude incorporarme al primer intento, me estiré y la espalda respondió. Un largo trago de agua me devolvió la vida. Era sábado. Decidí que haría nuevos trámites para la universidad. No iba a volver a la Gran Papelería Unión, que no era un empleo, sino un agujero para esconderme de lo que fuera que la vida tenía reservado. Quería café, saludar a mi abuelo, abrazar a mis padres. Me bañé, me puse ropa limpia. Antes de salir de la recámara, revisé la computadora. Estaba apagada. Lo corroboré dos veces, sin escalofríos. La encendí de nuevo, con una decisión: borraría a Carlos de mis contactos. El inframundo podía irse a chingar a su madre. Bastaron unos pocos golpes de teclado para consumarlo. Cuando la pantalla volvió a oscurecerse, me inundó una sensación de paz. El teléfono vibró en mi bolsillo en aquel momento. Supe que la llamada era de Gina antes de mirar. Tuve que reír. Le respondí. Por la ventana llegaba la voz de Maples, quien, a grito pelado, tarareaba las horribles rimas de una canción de amor.